LA TUMBA

LA TUMBA

JOSÉ AGUSTÍN

colección narrativa
grijalbo
MEXICO BARCELONA BUENOS AIRES

LA TUMBA

© 1977, José Agustín Ramírez

D.R. © 1978 por EDITORIAL GRIJALBO, S.A.
      Calz. San Bartolo Naucalpan No. 282
      Argentina Poniente 11230
      Miguel Hidalgo, México, D.F.

NOVENA EDICION

ISBN 968-419-004-2

IMPRESO EN MEXICO

A JUAN JOSÉ ARREOLA

MIRÉ HACIA el techo: un color liso, azul claro. Mi cuerpo se revolvía bajo las sábanas. Lindo modo de despertar, pensé, viendo un techo azul. Ya me gritaban que despertase y yo aún sentía la soñolencia acuartelada en mis piernas.

Me levanté para entrar en la regadera. El agua estaba más fría que tibia, pero no lo suficiente para despertarme del todo. Al salir, alcancé a ver, semioculto, el manojo de papeles donde había escrito el cuento que pidió el profesor de literatura. Me acerqué para hojearlo, buscando algún error, que a mi juicio no encontré. Sentí verdadera satisfacción.

Al ver el reloj, advertí lo tarde que era. Apresuradamente me vestí para bajar al desayuno. Mordiscos a un pan, sorbos a la leche. Salir. Mi coche, regalo paterno cuando cumplí quince años, me esperaba. Subí en él, para dirigirme a la escuela.

Por suerte, llegué a tiempo para la clase de francés. Me divertía haciendo creer a la maestra que yo era un gran estudioso del idioma, cuando en realidad lo hablaba desde antes. En clase, tras felicitar mis adelantos, me exhortó a seguir esa línea progresiva (sic), pero un amigo mío, nuevo en la escuela, protestó:

—¡Qué gracia!

—¿Por qué? —preguntó la maestra—, no es nada fácil aprender francés.

—Pero él ya lo habla.

—¿Es verdad eso, Gabriel?

—Sí, maestra.

Gran revuelo. La maestra no lo podía creer, casi lloraba, balbuceando tan sólo:

—Regardez l'enfant, quelle moquerie!

Mi amigo se acercó, confuso, preguntando si había dicho alguna idiotez, mas para su sorpresa, la única respuesta que obtuvo fue una sonora carcajada. Al fin y al cabo, poco me importaba echar abajo mi farsa con la francesita.

Salí al corredor (aunque estaba más que prohibido), y al observar que se acercaba el maestro de literatura, entré en el salón. El maestro llegó, con su característico aire de Gran Dragón Bizco del Ku-Klux-Klan, pidiendo el cuento que había encargado. Entregué el mío al final, y como supuse, lo hojeó un poco antes de iniciar la clase. Su cara no reflejó ninguna expresión al ver mi trabajo.

Al terminar la clase, Dora se acercó con sus bromas estúpidas. Entre otras cosas, decía:

—Verás si no le digo al maestro que el cuento que presentaste es plagiado.

Contesté que me importaba muy poco lo que contara, y comprendiendo que no estaba de humor para sus bromas, se retiró.

En la tarde, me encerré en mi cuarto para escribir el intrincado conflicto de una niña de doce años enamorada de su primito, de ocho. Pero aunque bregué por hacerlo, dormí pensando en qué me había equivocado al escribir ese cuento.

En mi sueño, Dora y el maestro de literatura, escondidos bajo el escritorio, reían salvajemente al corear:

—Ahora es tu turno, ven acá.

En la siguiente clase de literatura, vi que Dora susurraba algo al maestro y que después me miraba. Inmediatamente supe que Dora había hecho cierto su chiste. A media clase, el maestro me dijo:

—Mira, Gabriel, cuando no se tiene talento artístico, en especial para escribir, es preferible no intentarlo.

De acuerdo, maestro, pero eso, ¿en qué me concierne?

—Es penoso decirlo ante tus compañeros, mas tendré que hacerlo.

—Dígalo, no se reprima.

—Después de meditar *profundamente,* llegué a la conclusión de que no escribiste el cuento que has entregado.

—Ah, y ¿cómo llegó a esa sapientísima conclusión, mi muy estimado maestro?

—Pues al analizar tu trabajo, me di cuenta.

—¿Nada más?

—Y lo confirmé cuando me lo aseveró una de tus compañeritas.

—Dora, para ser más precisos.

—Pues, sí.

—Y, ¿de quién considera que plagié el cuento, profesor?

—Bueno, tanto como plagiar, no; pero diría que se parece mucho a Chéjov.

—¿De veras a Chéjov?

—Sí, claro —aseguró, molesto.

—Pues yo no diría, veredicto que jamás pensé que llegara a creer lo que le dice cualquier niña estúpida.

—Luego, entonces, ¿afirmas no haber, eh, plagiado, digamos, ese cuento?

—Por supuesto, y lo demostraré en la próxima clase. Tendré muchísimo gusto en traer las obras completas de Chéjov.

—Ojalá lo hagas.

Salí furioso de la escuela para ir, en el coche, hasta las afueras de la ciudad. Quería calmarme. Esa Dora, me las pagará. Tenía deseos de verla colgada en cualquiera de los árboles de por allí.

En la siguiente clase, me presenté con las obras completas de Chéjov. Pero, como era natural, el maestro no quiso dar su brazo a torcer y afirmó que debía haberlo plagiado (ahora sí, *plagiado)* de otro escritor: no me consideraba capaz de escribir un cuento así.

Sus palabras hicieron que mi ira se disipase para ceder lugar a la satisfacción. Como elogio había estado complicado, pero a fin de cuentas, era un elogio a todo dar.

> Comme un fou il se croit Dieu,
> nous nous croyons mortels.
>
> DELALANDE

En aquel momento me dedicaba a silbar una tonadilla que había oído en alguna parte. Estaba hundido en un sillón, en la biblioteca de mi casa, viendo a mi padre platicar con el señor Obesodioso, que aparte de mordiscar su puro, hablaba de política (mal).

Mi padre me miraba, enérgico, exigiendo mi silencio, y como es natural, no le hice caso. Tuvo que soportar mis silbidos combinados con la insulsa plática de don Obesomartirizante.

Decidiendo dejarlos por la paz, murmuré un compermiso que no contestaron, y subí a mi recámara. El reloj marcaba las once y media: maldije por levantarme tan temprano. Puesto un disco *(Lohengrin)*, lo escuché mirando el proceso de las vueltas. Vueltas, vueltas. Las di yo también. Al escucharse un clarín, me desplomé en la cama, viendo el techo azul.

Mi cuerpo se agitaba como un torrente. Todo era vueltas. En la lámpara del techo se formó el rostro de Dora y eso detuvo el vértigo. Odié a Dora, con deseos de despellejarla en vida. No había logrado verla desde el incidente con el maestro de literatura.

Me sentí tonto al estar tirado en la cama, a las once del día, mirando el techo azul y

—¡Pensando en esa perra!

Telefoneé a Martín: no estaba, pero recordé que había ido a nadar a su casa de campo. Tras tomar una chamarra roja y mi traje de baño, salí apresuradamente.

Partí a gran velocidad hacia las afueras del Distrito. Encendí la radio: hablaban de Chéjov. Sonreí al pensar otra vez: ¡No está mal si mis cuentos son confundidos con los de Chéjov!

La gran recta de la carretera se perdía al dibujarse una curva a lo lejos, en una colina. Un coche esport me retaba a correr. Hundí el acelerador y el esport también lo hizo, pasándome. Sentí una furia repentina al ver la mancha roja del auto frente a mí. El chofer traía una gorrita a cuadros. Está sonriendo el maldito. Furioso, proseguí la carrera con ardor. Había pasado la casa de Martín, pero insistí en alcanzar al esport.

Llegamos a la curva. El rival se mantenía adelante al dar la vuelta. Yo, temiendo darla tan rápido, disminuí la velocidad. El esport no lo hizo y la dio a todo vapor.

Un estruendo resonó en mis oídos, mientras la llamarada surgía como oración maléfica. Frené al momento para ir, a pie, hasta la curva. El esport se había estrellado con un camión que transitaba en sentido contrario. Una ligera sonrisa se dibujó en mi cara al pensar: Eso mereces.

Di media vuelta.

Al llegar a casa de Martín, estacioné el coche y caminé hasta la sala. Martín, preparando bebidas, alzó los ojos.

—¡Hola, Chéjov!

—Detén tu chiste, que no estoy dispuesto a soportarlo.

—Calmaos, niñito.

—Es que ya me cansó esa tonada.

—Pues desahógate —y agregó, con aire de complicidad—: ahí está Dora.

—¿Palabra?

—Yep. ¿Cómo te suena?

—Interesante.

—¿Qué quieres beber?

—No sé, cualquier cosa.

Con un coctel en la mano, entré en un cuarto para ponerme el traje de baño. Desde la ventana vi a Dora, nadando con los amigos, aparentemente sin preocupaciones. Maldita esnob, pensé. Vestía un diminuto bikini que le quedaba bien. Tras morder mis labios, aseguré vengarme.

Salí con lentitud de la casa y me detuve un momento en el jardín, en pose. Ella, al verme, se volvió, aullando:

—¡Hooola, Chéjov!

Saludé a todos, incluyéndola, y sin más me tiré al agua. Dora también lo hizo y nadamos el uno hacia el otro hasta encontrarnos en el centro de la alberca. Éramos la expectación general. Todos habían dejado

14

de hablar y nos miraban. Por tercera vez, mis labios sintieron el contacto de los dientes. Nos miramos. Ella tenía esa sonrisa sarcástica (¿sardónica?) tan característica en su rostro.

—Nadas bien, Chéjov.

—No nado bien ni me llamo Chéjov, querida.

—¿Qué te pasa? No juegues al enfadado.

—¿Me crees enfadado?

—Pues, viéndote ahora, sí.

—Y, ¿qué opinas de eso?

—Que te ves graciosísimo.

—Mmmm... Oye, permíteme hacer una pregunta con conmovedora ingenuidad.

—Dí.

—¿Por qué le armaste ese cuento al de literatura?

—Esa clase es muy monótona, mi estimado Chéjovín, necesitaba un poco de emoción.

—Vaya...

—Además, tú me dijiste niña estúpida.

—Pero eso no está tan apartado de la realidad.

—Ahora soy yo la del *vaya*...

—Lo cual me agrada.

—Entonces, ¿amigos?

—¿Qué hemos dejado de serlo?

—No sé, pero de cualquier manera, es bueno ratificarlo.

—Sea.

Decidí terminar esa húmeda conversación haciendo un guiño al nadar hacia la orilla. Martín se acercó preguntando si había consumado mi venganza. Le contesté que habíamos ratificado nuestra amistad.

—¡Caramba! —rio—. ¡Ésa sí es venganza!

Cuando se aburrieron de nadar, pasamos a la sala. Tras la repartición de bebidas, se empezó a bailar. Yo tomé mi vaso, decidido a encerrarme en un completo mutismo, pero no lo logré: Dora vino hacia mí, riendo. Intercambiamos sandeces y nos levantamos para bailar. Una ensordinada trompeta hacía un solo mientras nosotros nos deslizábamos al compás del low-jazz. Dora había estado bebiendo y cínicamente soltaba incongruencias y palabrotas. Realmente me divertía, bailaba muy bien y su cuerpo era fuego. Al fin, rompió el silencio.

—¿No propones nada?

—¿Eh?

—Que si no propones nada, Chejovito.

—¿Yo? No, no sé.

—Cómo eres bruto. Toma un hectolitro de whisky y vamos al jardín.

Con una botella birlada, salimos. El ocaso se mostraba esplendoroso y así se lo hice saber. Ella rio.

—No seas cursi, Chéjov.

Nos sentamos tras unos arbustos, y bebiendo con rapidez pentatlónica, inquirió:

—¿Así vamos a estar?

—¿Eh?

—¿Qué demonios esperas para besarme?

Sintiéndome humillado, respiré profundamente antes de rozar sus labios con suavidad, con timidez. De nuevo soltó su carcajada y me besó con ardor.

El match duró poco. Yo sentía miedo. Algo inexplicable se apoderó de mí. Aunque ése no era mi estreno, me sentía extraño a todo, sin percibir nada y comportándome como idiota.

Dijo que estaba imposible y que ya sería otra vez.

Cuando volvimos a la sala, todos se retiraban. Dora cantó *La marsellesa* a tutti volumen. Le narré el incidente con el esport y comentó que el estrellado debí ser yo, por imbecilito. Eso no me molestó, pues era cierto. Y al llegar a la ciudad, dijo que la llevara directamente a su casa, lo que tampoco me indignó, pero me hizo sentir humillado. Me dijo adiós con sus carcajadas, y tambaleándose, entró en su casa.

Su risa estuvo en mi cabeza toda la noche.

Desperté con los ojos anegados de lágrimas. No comprendí la razón, pero las gotitas saladas escurrían. Estaba pesado y sin flexibilidad.

Nuevamente, mi brumosa mirada vio primero el techo. El color azul permanecía. Tuve una ligera esperanza de que se transformase en un tono malva, o algo así. El azul se adueñaba de todo formando círculos a mi alrededor. Debo estar mareado, pensé al levantarme; pero no lo estaba.

Como de costumbre, era tarde, y sólo haciendo un considerable esfuerzo quise apurarme para llegar a tiempo, pero no lo logré. (Rien, c'est la chose qui vient.) Al estacionar el coche frente a la escuela, tenía ya media hora de retardo. Sentado, con la mirada fija en el volante, fingía reflexionar y llegué a la inexorable resolución de no entrar a clases. Lentamente encendí el motor para salir sin dirección fija, avanzando muy despacio. Un grito me hizo volver. Dora me llamaba desde una esquina. Metí la reversa, dirigiéndome hacia allá.

—No seas flojín, Chéjov, entra a clases.

—Lo mismo te digo.

Risas.

—¿Hacia dónde te diriges?

—A ninguna parte.

—Alors, ¿a dónde me llevarás?

—Al diablo.

—Eres imposible.

—Claro.

—¿Vamos al drive-in?

—Vamos.

Emprendí la marcha hacia el drive-in mirando de reojo a Dora, que encendía un cigarro. Sus dedos distraídamente acercaban la lumbre, y de la misma manera, la agitaban para tirarla por la ventanilla. Es bonita. Sonrisa. Debe tener la impresión de que soy un enfant terrible, o si no, imbécil. Mordí mis labios.

En el tugurio para automóviles me invadió la sensación de vaciedad, desconocida hasta entonces, forzándome a permanecer en completo silencio. Era una curiosa mezcolanza de sensaciones. Sin ver a Dora, sentía sus ojos clavados en mí, incomodándome. Pensé que quizá tenía una mancha en mi rostro. Y cuando el mesero vino, ella no despegó su mirada. Mecánicamente mi mano extrajo un cigarro. Al sacar el cerillo, advertí que mi mano temblaba y que me era casi imposible encenderlo. Traté de concentrarme, pero sentí los ojos de Dora desmenuzándome. Mi mano temblaba, temblaban mis dedos. Creí que esos largos dedos de pianista que sostenían el cerillo no eran míos. Temblaban, temblaban. Todo se volvió círculos: mi mano, el cerillo, los dedos, su mirada; todo.

Fue cosa de un instante, y al quemarme, los círculos se desvanecieron quedando sólo la risa de Dora. Risa cruel en boca fina. Riendo aún, encendió el cigarro de mis tormentos. Advertí el sudor, tenía la cara empapada. Como en un delirio recuerdo haberme secado. La miré, estaba divertidísima.

—Eres todo un carácter. Lo que se dice un escritor.

—¿De quién hablas?

—De ti.

—¿Dijiste escritor?

—Ajá: escritor... en potencia.

—Y eso, ¿debe agradarme?

—Es a tu gusto.

—Ya digiero.

—Lo cual me llena de una siniestra satisfacción. Dime, ¿no te gustaría formar parte de nuestro círculo?

¡Círculo!

—¿Qué rombo?

—El Rombo Literario Moderno.

—Luego entonces, ¿tú escribes?

—Sipi.

—Y, ¿quiénes forman el óvalo?

—Pues mira, están... Será mejor que los conozcas de trancazo. Pasa por mí mañana a las ocho, para que vayamos a la reunión.

—De acuerdo.

—Oye, ya terminé con esta asquerosa malteada; tengo ganas de beber.

—Pues bebamos.

—Mira, compras una botella y nos largamos a Despoblado, ¿okay?

—Okay.

Comprado un ron corriente, salimos al campo. Era un día espléndido.

Nos detuvimos en un paraje solitario. Tras destapar la botella nos dedicamos a turnárnosla. Ya bastante mareados —y sin comprender bien lo que sucedía— adoptamos el papel de amantes. La sesión se prolongó hasta el atardecer. En aquellos momentos me sentía satisfecho y hasta contento de mí mismo. Dora fue mía. Yo no vi las circunstancias, sino el acto, que me produjo un considerable placer.

19

Cuando íbamos de regreso, me sentí con el derecho de pedir que dijera la verdad al maestro de literatura. Ella se negó con risas salvajes de triunfo. Entonces me supe derrotado, comprendí que ni siquiera la había seducido: todo se hizo por su iniciativa. Sentí una gran humillación que gradualmente se transformó en ira. Entonces ya no pedí: exigí. Ella se volvió a negar, ya en plan serio, pero aún con ironía en los ojos. Sostuvimos una disputa ante la puerta de su casa. Por fin nos calmamos. Quedé de acompañarla a la junta de su círculo al día siguiente, y con un glacial beso nos despedimos.

En casa me sentía perplejo. Pasé sin saludar a nadie, y en mi habitación la ira me encendió de nuevo. Ira loca, incontenible. Tenía verdaderos deseos de ir por ella para estrangularla. Incontenible. Lloraba. Lágrimas saladas. Vi mi cara húmeda, mis ojos vidriosos reflejados en el espejo. Vino el vértigo, volvieron los círculos, y furioso, lancé un golpe que rompió el espejo, dejándome la mano ensangrentada.

Las seis de la tarde, mi habitación, dentro de dos horas iré por ella. Volví a ocuparme de mi lectura —la curiosidad hizo que comprara *La rueda* y hacía que no la arrojase por la ventana—. ¡Este Juavaninno es realmente retrasado mental! Aún soporté de regular grado *La rueda* cuando una inmensa sensación de asco me invadió. Me asqueaba la novela en especial, y acostado, escupí lo más lejos que pude arrojar el libro por la ventana. Pero fallé.

La mirada se posó en el azul techo y rápidamente me puse bocabajo, acariciando, sin darme cuenta, el buró. Con los ojos cerrados mi mano recorría el mueble. Esa misma mano abrió el cajón para sacar un libro. Respetable encuadernación. Abriéndolo al azar, encontré una frase de Lutero:

Wer nicht liebt Wein, Weib und Gesang
der bleibt ein Narr sein lebelang

y como no hablo alemán y no pude encontrar la traducción, el libro de encuadernación respetable hizo compañía a *La rueda*, pues también fallé.

Con ansiedad vi el reloj. Aún faltaba hora y media para la junta del círculo. Enterré la cara en la almohada, dejando colgado el brazo. Ese mismo en el cual estaba la mano que sacó el libro de la luterana cita, colgado.

Qué imbécil postura. La cara en la almohada y el brazo colgando..., soy todo un golfo.

Recordé que debía hacer un trabajo de química, pero no lo hice. ¡Qué me pueden importar los hidrocarburos; ya me las ingeniaré para burlar al químico! Y seguí bocabajo.

Dora tampoco había ido ese día a la escuela. Al preguntarme quién pudo haber sido su compañero de andanzas, pasé lista a los ausentes: Carlos (el del incidente con la francesita), Martín y Gilberto; eso, de mi grupo. Renuncié a averiguar quién pudo haber sido el compañebrio de Dora Castillo, la muchacha con la que había hecho el amor un día antes, y para colmo, por primera vez en mi vida, con iniciativa ajena. No se me olvidaba.

Me levanté para correr a la sala. Tenía ganas de armar escándalo con el estéreo. En el tocadiscos, coloqué un disco de afrojazz —Mongo Santamaría—, pero antes de ponerlo a trabajar, chequé si había alguien. Tenía deseos de molestar. Tuve suerte: mi madre tomaba chocolate humeante en el jol, no lejos de la

21

sala. Regresé pausadamente al aparato. El disco comenzaba con un sonido de bongós que crecía paulatinamente de volumen, hasta alcanzar un escándalo coronado con el aullido de mi madre.

—¡Detén tu infernal ruido, he tirado el chocolate!

Sin hacerle caso, mantuve el volumen del estéreo. Mi madre hizo su entrada triunfal con la cara congestionada por el furor.

—¿No oíste? Bájale.

Yo, sin mostrar deseos de complacerla, me sacudía dando vueltecitas al compás de los bongós. Escuchaba sus regaños:

—¡Desconsiderado! ¡Lo haces adrede!

Con mucha estética, di una vuelta más antes de disminuir el volumen. Mamá salió lanzando imprecaciones. La risa se empezó a formar en mi garganta y supe que explotaría en carcajada. No quise empeorar la situación y salí corriendo a la calle. Riendo salvajemente. Veía la cara enfurecida de mamis y eso hacía que la risa continuara. Casi caí por el ataque. Cuando logré contenerme, advertí el frío que hacía. Mi cuerpo se estremeció al entrar de nuevo en la casa.

En mi cuarto, quise verme en el espejo y recordé el puñetazo del día anterior, y cómo mi padre me había regañado. Mi mano vendada me dolió como nunca.

Me puse un estrecho pantalón gris, camisa negra, gazné blanco, suéter ídem y gabardina. Bajé la escalera, y en la sala, hice unos pasos de baile: el disco no había terminado. Me asomé de nuevo en el jol: mamá insistía con su chocolate. Silenciosamente llegué al tocadiscos para subir el volumen, con violencia. Antes de oír las maldiciones de mi madre, corrí a la calle.

En el auto me puse los guantes oyendo cómo el afrojazz fue cortado con brusquedad, y antes de que otra cosa sucediera, partí hacia la calle Carlos Finlay, número 344, donde vive el arquitecto Equis Castillo, padre de la rubia llamada Dora. Con la calefacción del auto y la música suave de la radio, casi llegué a sentirme a gusto.

Me hicieron esperar en la casa del arquitecto, pues la hija del ya citado profesionista estaba arreglándose. A todas luces, la casa estaba sola (exceptuando, por supuesto, a las criadas y a Dora). De arriba llegó su voz, que gritaba:

—¡Encuentra la cantina y prepárate un trago!

Hícele caso y caminé hasta el gran comedor, para encontrarme con un simpático barecito en un rincón. Tomé un par de vasos y puse en ellos un whisky apócrifo. Ya en la sala, me senté, dedicándome a la loable tarea de eliminar el líquido del vaso.

Dora bajo las escaleras a gran velocidad, para sentarse junto a mí, oprimiendo mi brazo.

—Dame un traguín.

Le señalé el otro vaso, que bebió al instante.

—Vamos, se hace tarde —dijo a guisa de explicación—. Acábate eso.

Emulándola, di un sorbo y el licor cambió de lugar. Nos levantamos para salir a la calle.

La reunión del Círculo Literario Moderno era en el salón de actos de una escuela particular. Al llegar, un muchacho muy alto y rubio se nos unió y juntos entramos en el salón. Un señor de flacura insultante hacía todo lo posible por controlar a los miembros. El rubio, llamado Jacques, pidió silencio. Todos callaron, para elegir presidente de debates. Él. Entonces redactó la orden del día, en cuyos puntos figuraba la admisión de Gabriel Guía (yo, para ser más preciso). Se leyó una carta de Herr Kafka, pero no atendí al lector: su voz era una apetecible invitación al estrangulamiento. Luego dieron opiniones y me abstuve por lo ya dicho. Mas pude percibir que Paco Kafka podía ser considerado como un mediocre cualquiera, con solo basarse en la crítica de los circuloliterariomodernistas.

Prosiguieron con la discusión de mi ingreso. Dora intervino proclamando mis inquietudes, y fui aceptado. Ni modo. Después, un joven de mirada turbia se colocó unas gafas para leer: *Cofradía sexual, poema dodecasilábico con rimas impares y sinalefas evitadas dedicado a Julio Enrique.* Y nos martirizó con su infamia rimada. Lamentablemente, aún soportamos seis poemas más, suivis de sus respectivas críticas.

Terminada la reunión, Dora y Jacques subieron en mi coche y fuimos a cafetear a un lugarejo seudobeatnik llamado La Náusea Embriagante. Ahí estaba oscuro como mis pensamientos. Un desarrapado mesero nos trajo unos cafés con tintes morados. De un tocadiscos salía una gruesa voz cantando:

> There is a tavern in the town
> & there my true love sits down
> & drinks her wine as happy as can be
> & never never thinks on me.

Después, pareció que me habían inyectado la tonada: no podía despegarla de mis labios. Bebidos los pretensos cafés salimos de la ratonera que fue, en efecto, toda una náusea embriagante.

Tras dejar a Dora en su casa, enfilamos hacia la de Jacques. Ambos reímos todo el trayecto merced a las correrías de Tulio el Pederasta, que contaba Jacques con verdadera gracia. En su casa todo mundo dormía. Subimos silenciosamente a su recámara, no sin antes

24

birlarnos una botella de whisky de la sala. Tiré un par de cojines en la alfombra y ahí me senté. Él se arrojó en la cama. Tomamos la botella. El primer trago me dio la impresión de un shock eléctrico, pero no di importancia a las impresiones y me dediqué exclusivamente a beber como tuerto. Un raro sopor me llegaba en oleadas. Entrecerré los ojos. Era la evasión, y la busqué con furia. Jacques fumaba.

Dijo:

—Estás en la escuela con Dora, ¿no es así?

—Así es.

—¿Y cómo se porta en clase?

—Es una amenaza. Aún me debe un chistecito...

—¿De qué se trata?

—Pues se botó la puntada de contarle al teach de literatura que yo había plagiado un cuento.

—¿Y qué dijo el maistro?

—El muy bestia lo creyó, incluso dijo que el cuento es de Chéjov.

—¿Y es?

—Todavía no.

—¿Tan bien escribes?

—¡Bah, qué más quisiera!

—Ya doy.

—Lo que sucede es que el maestro es una bestia que ni a Chéjov ha leído.

—Ajajá: para matarlo.

—En efecto, de buena gana le abriría el vientre para echarle puños de sal.

—Eso mismo quisiera hacer con mucha gente.

—¿Sí?

—Sí. Soy casi anarquista.

—Ah...

—En veces me dan ganas de poner una bomba a todo el mundo, acabar con todos.

—Hazlo.

—No, no puedo, no sería capaz. Soy un cochino cobarde.

Tch, tch.

Hablando de sus debilidades, contó que era un gran admirador de Nietzsche/

—¿Eróstrato?

—No, Nietzsche,

y que su ideal sería borrar todo vestigio de sentimiento en sí para llegar a Supermán. Aplaudí hipócritamente sus ideas, ocultando el desprecio que me produjeron.

Lo invité a callar y a seguir bebiendo, pero no me hizo caso. El asunto tomaba un matiz desesperante. Me invitó, entonces, a discutir la filosofía nietzscheana. Me negué, y para hacerlo rabiar.

—¡Eres un existencialista-guadalupano! —chillé.

Se enfureció y dijo a gritos que yo no era más que un mediocre burgués.

—Amén.

Estábamos demasiado borrachos pero continué burlándome. Para mi sorpresa, su cólera no creció, sino que empezó a llorar, sacando a flote su caudal inmenso de complejos. Confesó sus penas, y como me empezaba a llenar de un espíritu paternal opté por tomar un papel sarcástico y agresivo. Apuesto que le dolía, pero no hizo nada por detenerme. Hubo un momento en que me sentí perdido, confuso, y como no acertaba a explicar mi propio estado de ánimo, sólo bebía y bebía.

A las cinco de la mañana el licor se acabó, con Jacques dormido. Dando traspiés logré levantarme y salir a la calle. Manejé pésimamente y varias veces estuve a punto de estrellarme. Pero pude llegar sin percances (con una borrachera inclemente).

En mi recámara, las vueltas aparecieron de nuevo. Todo era círculo. Los muebles giraban enloqueciéndome. Creí desfallecer en mi propio cuarto. Pero nada. Caí en la cama con los ojos vidriosos viendo ese azul techo que también empezó a girar. Los regaños de mi padre, las carcajadas de Dora y yo en el centro de todo, como un títere con los hilos rotos. Al llevar la mirada al tocadiscos me pareció ver una pancarta que decía.

ASÍ HABLABA ZARATUSTRA

Mi voz se desgarró en un grito al caer dormido.

Al levantar los ojos, alcancé a ver que ya entraban a clase. Cerrado el auto, corrí al tercer piso, donde se efectuaría el examen de química. Llegué a tiempo para que me permitieran la entrada. Me senté junto a Dora. Desde la última reunión del Círculo Literario Moderno —dos semanas ya— no la había visto. Sus ojos destellaban ira al susurrar:

—¡Qué gusto, chulito, dichosos los ojos!

Le sonreí con exagerada simpatía.

—¿Qué tal estudiaste?

Enfurecida, tomó la prueba que le ofrecía el químico.

Contra lo imaginado, la prueba estuvo en extremo fácil. Terminé en quince minutos, y antes de salir, le dije:

—Acaba rápido, estaré en La Linterna.

Bajé las escaleras encendiendo un cigarro. David me dio alcance y juntos nos encaminamos a la nevería más cercana. David era un compañero de grupo, ex novio de Dora y miembro del Círculo.

En La Linterna no había casi nadie. Un par de compañeros que no entraron a examen y una mesera despeinada, que tras servirnos unas cocacolas, siguió trapeando y maldiciendo su suerte. Después de comentar el examen, David dijo:

—¿Qué dice Dora?

—No lo sé. Desde la última reunión del CLM no la he visto; al rato vendrá.

—¡De todo mundo esperaba ser hermano de saliva, menos tuyo!

—¿Hermano de saliva?

—Sí, lo somos. ¿No ves que hemos besado a la misma chamaca?

No sabiendo cómo reaccionar ante esa infamia de chiste, decidí reír. Ja, ja. Al creerse muy ingenioso, siguió canturreando sus gracias. Por fortuna, Vicky, Martín y Rosaura entraron para sentarse con nosotros. Sólo faltaba Dora para que estuvieran juntos todos los circuloliterariomodernistas que estudiaban en la Secundaria 18 Brumario, francesa, y por supuesto y para colmo, particular.

Dora llegó repartiendo besitos (incluyéndome, ¡oh, sorpresa!). Me tomó de la mano para jalarme a otra mesa, lo que acarreó material para las bromas de la jauría.

—¿Qué pasa, querida?

—Vinimos a hablar en serio, no a discutir sobre el *Ritter Nerestan*.

—Okay, pásame la onda.

—¿Dónde te has metido? Ni siquiera me has telefoneado.

—Non me ha dado la gana, idolatrada Dora Castillo.

—Mira, Gabriel, no te pongas en ese plan estúpido y pesado, ¿eh?

—Sea. Ahora dime todo el revuelo, no creo que sólo quieras regañarme.

—Las pescas al vuelo, ¿eh? Mira, la chose es simple, seguramente voy a reprobar.

—¿Y qué? No será la primera vez.

—Cierto, más ahora hay algo serio: si repruebo, mi padre me mandará con mi tía, a Austria.

—Pues no veo lo serio.

—No te pongas en ese plan; yo no me quiero largar de los Méxicos.

—Si yo fuera tú, iría. Es una inmejorable oportunidad para aprender deutsch.

—No seas payaso, Gabriel. ¿Qué hago?

—No sé. Arréglatelas para aprobar.

—*Mira,* lo de la reprobátum es ya sentencia: el cochino Colbert dijo que me aprobaría si aceptaba ir a la cama con él —fingió ruborizarse.

—Ja, ja, no digas que nuestro impotente director pretende pasar por maniático sexual.

—Casi. No hay alternativa, ¿ves?

—Y ¿qué has decidido?

—No sé... ¡Yo no me acuesto con ese imbécil de los mil diablos, no soy profesional!

—Entonces, sólo te queda Austria. Viena es bonita.

—No juegues, Gabrielo.

—No es juego. ¿Por qué no se lo dices a tu padre?

—¿Estás loco? El Colbert es capaz de contarle bastantes chismes al anciano y hasta tú saldrías perjudicado. No funciona, ¿verdad?

—Entonces, repito, queda la hermosa ciudad de los valses, ¿eh? ¡El Danubio!, tra la la la la...

—Ayúdame, Gabriel, no seas así.

—¿Y qué quieres que haga?

—No sé, debe haber alguna salida /

—La hay, en efecto, y es aquélla, por la cual saldré, pues tengo un asunto pendiente.

—*Te* ¿te vas ya?

—Sí, preciosa, no olvides mandarme una postal y un vals del muchacho Strauss.

Salí, con inmensas ganas de reír a carcajadas. Hasta entonces se me había presentado la oportunidad de vengarme de la Castillo. Realmente, el incidente fue graciosísimo. Recordaba mi cuento *chejoviano,* su opinión sobre mí.

(—Es un chico muy naíf),
recordé también el espejo roto, mi mano con su cicatriz —resultado de aquel golpe—, la noche en mi carro y todo. Eso era suficiente, seguro que Dora acabaría en Viena, pues como había dicho, no era profesional. Orgullo tenía, era estúpido ponerlo en duda.

Cuando arrancaba el coche, Dora salió de La Linterna, llorando. Volví a reír para mis adentros.

—¿Qué —dije—, piensas acompañarme?

No hubo respuesta y siguió arrojando lágrimas. Como no tenía dónde ir, decidí molestar a mi licenciado padre. Al bajar, dije:

—No veo por qué llorar, meine gelibte, Austria es sehr schön; te amoldarás al lemita de las tres K: Kirsche, Kinder, Küche. Auf wiedersehen!

Siguió llorando. Yo estuve dando lata a mi padre hasta el mediodía, y cuando regresé al coche, Dora ya no estaba.

Una inmensa satisfacción me invadió al saber que Dora había abordado un confortable jet, vía Nueva York, luego a París, con conexión a Viena.

Tras de releer mi último cuento, decidí escribir una novela.

Si INCLINO la cabeza, ¿qué pasa? Nada. Siempre me pregunté que si en lugar de masa encefálica no tendría algún líquido dentro de mi cerebro. Como el de los encendedores. Movía la cabeza, tratando de escuchar ruidos.

Me divertía más eso que oír las alegatas de los amigos de mi padre. Uno de ellos, el señor Noimportasunombre, estaba muy acalorado y hasta podía decirse que intimidaba a los demás. Otro señor ídem, calvo y esquelético, lo reprobaba con movimientos periódicos de cabeza.

¿Tendrá algo gris dentro de ese óvalo?, me pregunté, pareciéndome graciosa la idea.

El señor Acalorado se calmó y siguieron platicando tranquilamente. Al entrar mi padre, alguien dijo que yo era un muchacho muy serio y rio con estupidez. Después, se volvió hacia mí, paternal.

—¿Qué estudias?

—Entré en la preparatoria.

—¿Listo para sobresalir?

—¡Sí!

—¿Es cierto que hablas francés?

—Sí, señor.

—¡Qué bien!

—Escribe —terció mi padre.

—¿Qué escribes?

—Cuentos, novelas; en resumen, estupideces.

—¿Qué tratan tus novelas?

—Lo que se puede, señor.

—¿Abordas problemas sexuales?

—Cuando es necesario, señor.

—Eso es *muy* interesante.

—No, no lo es, señor, nunca me ha interesado el morbo ni escribir para morbosos.

La cara se le encendió cuando mi padre me lanzaba una mirada severa. Sonreí. Merecido lo tienes, por cochino.

Siguieron platicando. Alguien se lanzó a narrar, con todo lujo de precisiones, la última escaramuza de su incesante persecución de faldas. Me miraron de soslayo.

Maldije la hora en que había decidido acompañar a mi padre a su club. Jacques, que creía filosofar, alguna vez sentenció:

—Si el aburrimiento matase, en el mundo sólo habría tumbas.

Juzgué en esos momentos que tenía razón, para luego recurrir a la pregunta acerca del interior de mi cerebro.

¿Líquido?, ¡psst! — ¿Qué estará haciendo el Círculo Literario? — ¿Masa encefálica, o fálica nada más? — Iban a leer a Kierkegaard, je je, una parte del *Concepto de la angustia*. — Un torrente de líquido artificial corre por mi cerebro—. Debí haber ido. —Y no sólo en la cabeza: en todo el organismo. — ¡Ahora, seguramente, destrozan a Kierkegaard! — Las venas, llenas. — Pero cuando hablen de Nietzsche, Jacques lo defenderá con ardor. —Nos suena—. Se cree superhombre.

¡Zas!, una muchacha entró, seguida de un hombre obeso. Ojos vivos, nariz perfecta. Muy bonita. Se hacen las presentaciones. Germaine Noentendí, hija de conocido explotador extranjero.

—Mucho gusto.

—El gusto es suyo.

Nos aconsejan que salgamos a tomar un refresco.

—Encantado.

—Camina muy chic. Veinte años, no más. Entramos en el bar.

—Un high.

—Ídem.

Me mira, sonriendo cortésmente. Por supuesto, trata de aquilatarme.

—¿Pasé?

—¿Cómo?

—Que si pasé el examen.

Sonríe.

—Sí.

—¿Con qué calificación?

—Mínima aprobatoria —riendo.

—Ajá.

—¿Y yo?

—Aprobadísima, con mención et all.

Pensé: Esto no va del todo mal. Llega el mesero con los whiskies. Ahora, las preguntas de rigor, comienza la ronda de siempre.

—¿Cómo te llamas?

—Gabriel Guía es el nombre.

—¿Con dos ges?

—Yo me llamo Germaine Giraudoux.

—Con dos ges también.

—Sí.

—Es gracioso.

—Y tú, ¿qué haces?

—Pretendo estudiar.

—Ah. ¿Y qué estudias?

—Filosofía.

(Que je suis un menteur!)

—Eso no está mal.

—No; no lo está. Y tú, ¿a qué te dedicas, digo, aparte de frecuentar este horrendo club de señores panzones?

—No me dedico más que a lo normal.

—¿Qué es lo normal?

—La sarta de estupideces por las que atravesamos.

—¿Qué, en resumen?

—Es claro: la vida.

—¡Anda, eso es interesante!

—No, querido Gabriel, no lo es.

(Sceptique?)

—Okay.

—¿Y cómo andas de filosofía?

—Pues...

—¿Qué hay con este muchacho Kierkegaard?

—Es bueno.

—¿Heidegger?

—Ídem.

—¿Y Nietzsche?

—No exageremos.

—Pues no andamos tan lejos.

—Eso me agrada.

—¿Tienes coche?

—Yep.

—¿Todo tuyo?

—Para mí solito.

—Entonces, paga. Esfumémonos de aquí.

—Perfecto. Este lugar me hincha.

Pagado el adeudo (dos jaiboles, treinta y dos pesos), salimos. En el coche iba silenciosa, sonriendo de una manera extraña. Ya había anochecido. Di algunas vueltas absurdas y luego me interné en una calle oscura. (Delectatio.) Parpadeaba con una velocidad increíble al decir:

—¿Tan rápido?,

y mirándome con una casi húmeda manera, tiró el cigarro por la ventanilla. Contesté simplemente:

—¿Qué esperamos?

Besaba muy raro, con una especie de refinamiento para mí desconocido. Al preguntarle por el origen de su kissin' way, sólo dijo:

—Es mi estilo.

> Run Samosn run
> Delilah's on her way
> Run Samson run
> I airn't got time to stay
> SEDAKA & GREENFIELD

Día nublado con vientos soplando violentamente. Hacía pocos momentos anunciaban que «el arribo» del jet de Chicago se retrasaría una hora, a causa del tiempo. Vi el enorme reloj: eran las cinco de la tarde. Miré a mis padres y a mi prima sentados, con los gruesos abrigos colgando en sus cuerpos.

—¿Ahí piensan estar hasta que llegue?

Mi padre asintió, y entonces, balbucí que estaría en el café. Mi prima se levantó, anunciando que me acompañaría. Tras encoger los hombros, me dejé seguir.

Pero no fuimos a la cafetería: entramos en el bar.

—¿Conoces a esa tía?

—No; jamás la he visto.

—Dice mi madre que vive en Chicago desde los once años.

—Algo oí de eso.

—Y que allá se casó.

—¿Está casada?

—Sí.

—Allá ella.

—En efecto, yo no me pienso casar en bastante tiempo.

—Porque no tienes con quién.

—*Tú* sabes que eso no es verdad.

—Yo no sé nada.

—Contigo no se puede hablar, eres imposible.

—De acuerdo, soy imposible.

—Dicen que es *muy* bonita.

—¿Quién?

—Nuestra tía: Berta de Ruthermore.

—¿Así tiene el descaro de llamarse?

—¿Berta?

—No. Ruthermore.

—Es su marido quien se llama *así*.

—Lo cual no impide que el apellido deje de ser un cañonazo al tímpano.

—No seas exagerado.

—No es exageración.

—Sea, pues. . . ¿Piensas ir a la fiesta de los Babosos Artigas?

—¿Cuándo será eso?

—Pasado mañana.

—No sé, no me habían pasado la onda.

—Va a aguantar. El licor correrá sin diques.

—Lo sé, y tú te revolcarás con Nosequién.

—Me revolcaré con Yosisé, alias Jaimito Valle.

—¿Tu novio en turno, Laura?

—Mi novio en turno, Gabriel.

Sonreí ligeramente al tomar mi trago. Laura era todo un carácter: tenía mi edad y su fama de intrépida parrandera era bien conocida en todas las élites. Cualquiera diría que le encantaba «la vida ligera y sin preocupaciones». Tenía entendido que sus estudios iban por los suelos, mas era bastante poco lo que eso le interesaba.

Es simpática, pensé, congeniamos bien.

—ción anuncia la llegada de su vuelo 801, procedente de Chicago, servicio/ —dijo una voz profesional, femenina.

Laura pagó los licores, con mi correspondiente sorpresa. Nos reunimos con mis padres en la llegada internacional, para ver el descenso de los pasajeros del jet.

Mis padres empezaron a saludar a alguien. No supe a quién hasta que mi madre señaló a Berta Guía de Ruthermore. No parecía tener más de treinta años (quizá los pasase, pero su figura era joven): un poema hecho mujer, como dijera Torres B. Alta, ojos destellando simpatía y malicia, cuerpo digno de un anuncio.

—Realmente es bonita —dijo Laura con miradas de envidia y admiración.

La tía estaba ya frente a nosotros saludándonos con sonrisa alegre. La vimos, a través de los vidrios, hacer todos los trámites.

Cuando al fin se reunió con nosotros, su conversación fue el centro de todo. Laura estuvo callada, aunque tenía una bien merecida fama de conversadora simpática. Mr. Ruthermore tuvo que quedarse en Chicago. Estancia de sólo tres días para decir hello a la familia. Ya casi no hablaba español, pero afortunadamente yo conozco el inglés, mi padre también y

Laura hacía un grandísimo esfuerzo por hablarlo (sin éxito, es obvio).

Mrs. Ruthermore tenía treinta y tres mesiánicos años y era la hermana menor de mi padre. Odié ser su sobrino, pues me miraba con un aire maternal, haciéndome sentir como el imbécil número uno sobre la tierra.

En casa, ocupó la recámara de los huéspedes (o de los guests, como ella decía). Tomó un sándwuich: en el avión había comido. Quedé con la comisión de pasearla y ella aceptó de buena gana cenar en un restorán de seudocategoría.

Fuimos a Focolare, uno de los llamados restoranes tres chic. La tía era realmente inteligente, con agilidad mental asombrosa. Cultura sólida en varios aspectos. Conocedora de todo lo cosmopolita. Había viajado considerablemente y hablaba inglés, francés y alemán; casi había olvidado el español pero lo recordaba con rapidez.

Haciendo un increíble esfuerzo de rapidez, la llevé a dos museos, a una exposición, a CU y a todo lo digno de verse. Llegamos a la mitad de una obra de Strindberg, y finalmente, cenamos en una boite, donde casi se agotó el dinero que mi padre me había dado.

Juró haberse divertido bastante.

Desperté, no muy tarde, con la idea fija de hacer una fiesta en la noche para agasajar a doña Berta Ruthermore, hermana de mi padre, y por consiguiente, mi tía.

Hice un millón de llamadas telefónicas. Mis padres luego de conocer mis intenciones (que los alegraron bastante), invitaron a Lo Más Granado De La Sociedad Capitalina (lo cual yo no quería). Decidiendo invitar

a Germaine Etcétera, pero mandar al diablo a los circuloliterariomodernistas, enfilé a casa de mi recién amiga.

Afortunadamente, la pesqué antes de que saliera. Me
miró muy sorprendida y con grandes trabajos logré que
se acordara de mí. Ya entonces, aceptó con gusto, e
incluso recordó que mi padre ya había invitado al señor
Giraudoux una hora antes. Quedó, muy formalita, de
presentarse en compañía de sus galos padres.

Era imposible mantener el secreto a la Ruthermore,
y cuando lo supo, se mostró muy contenta, «porque
tenía ganas de bailar». Hice todos los preparativos. Des-
pejé, con la ayuda de los criados, las salas, el jol y todos
los lugares donde se pudiera bailotear. Contraté meseros y un conjunto de música tropical, para no dar mala
impresión a los imbéciles de la high.

Germaine llegó a las siete —sola— «para ayudar».
Mi tía había salido con mamá a visitar a la familia, y en
casa sólo estaban los meseros. Aunque yo pretendía
fiscalizar todos los preparativos de la fiesta, Germaine,
con esa sonrisa tan chistosa, me jaló a la terraza.

Anochecía y el viento penetraba por mi camisa. Al
pedirme un cigarro, saqué dos. Observé su rostro con
la luz del encendedor (desde el incidente con Dora
uso encendedor). El rostro no parecía real, era algo
de otra naturaleza; desgraciadamente, sólo fue cosa de
un instante, pues tuve que apagar y perder uno de los
momentos más agradables con Germaine.

—¿Cuál es el motivo de la fiesta?

—Ya lo dije, para agasajar a mi tía.

—Una apreciable anciana, seguramente.

—¡Qué va!, es toda una belleza.

—Ja, ja.

—No te burlarás cuando la veas.

—No te enfades, Enrique.

—Gabriel.

—Ah, sí, que coincidimos en las ges.

—Bien sur.

—¿Quiénes van a tocar?

—Un conjunto de chachachá.

—¿Quiénes?

—Los Siguas.

—No son conocidos.

—Eran los únicos a mano.

—Ya doy.

—¿Cómo te ha ido?

—Reg'lar.

—¿Has leído algo últimamente?

—Rimbaud, *Une Saison en Enfer*.

—No conozco a Rimbaud.

—¡Toda una francesa que no conoce a Rimbaud! ¡Qué cinismo!

—Ni modo. Y no soy francesa.

—¡Ah! A mí me encanta.

—¿Te sabes algún poemucho?

—Claro.

—Declama uno.

—Uh, no. Soy pésimo declamando.

—Perfecto. Así tendré de qué burlarme.

—Ya, ¿eh?

—Ándale.

—¿En francés o en español?

—En francés, naturalmente.

—Bueno, hay uno muy famoso que se llama *Voyelles*.

—Déjate de circunloquios, y venga.

Declamé las *Vocales* y díjome que sólo le había gustado aquello de O, l'oméga, rayon violet de ses yeux! Aclaré que el poema pertenece a los *Delirios*, lo que no pareció importarle. Sólo dijo:

—Ahora puedo decir que conozco a Rimbaud.

Y ante tal imbecilidad, saqué a flote mi más sarcástica risa.

Al cuarto para las nueve, los músicos hicieron su aparición. Poco después, los invitados empezaron a llegar. El ambiente se tornaba más y más pesado. Mi madre y mi tía llegaron y esta última fue presentada a los invitados, que ya habían empezado a platicar unos y a bailar otros. Yo bailaba con la Giraudoux cuando la Ruthermore se acercó en brazos de don Yonoloinvité, diciendo:

—La próxima conmigo.

Y se fue en los brazos, bastante velludos, del mismo señor. Al acabar la pieza, dije a Germaine:

—Iré a cumplir con mis deberes de buen sobrino.

—Ella hizo un mohín y enfiló hacia la repartición de bebistrajos.

Bailé varias piezas con mi tía al american way of dance y luego fui a bailar con Germaine. Eso, hasta que sus padres aparecieron, y entonces huimos a la biblioteca, para que nadie fiscalizase su modo exorbitado de beber.

Sus padres la mandaron llamar a las dos de la mañana y ella tuvo que partir.

Salí entonces de la biblioteca para encontrarme con luces tenues invadiendo a danzantes, que ahogados en alcohol, se apretaban unos contra otros, llenos de la música sexy que tocaban los Siguas. Mis padres no aparecían por ninguna parte: salieron cada quien por su lado. Mi tía trataba de hacerse entender en español con un mesero; sin éxito, como era natural. Ya estaba muy embriagada, demasiado.

Al invitarla a bailar, aceptó y lo hicimos nuevamente muy pegaditos (sí, al american way of dance).

—He bebido, bebido, y seguiré haciéndolo, mi querido Gabrielito y tú lo harás conmigo; bebo porque hace mucho que no bebía y porque aquí hay licor y bailo porque no está el imbécil de mi marido y porque tengo con quién hacerlo. Me gusta tu mejilla, por eso oprimo la mía a la tuya. Estoy muy contenta, Gabriel, hacía mucho tiempo sin sentirme contenta.

Mi tía, Berta de Ruthermore, era quien decía eso y en inglés. En otras circunstancias no lo hubiera creído, pero en aquellos momentos estaba muy embriagado y sólo decía en su oído:

—Okay, okay, okay.

Ella siguió hablando incoherentemente.

—Okay, okay. okay.

Luego hablaba de mí.

—Me caes muy bien, sobrino, me caes muy bien, me gustas, tengo ganas de besarte no con un beso maternal ni de tía, no, no, no.

Y lo mismo:

—Okay okay, okay/

Su beso tuvo tal ardor que me asustó, haciendo que me separase.

—Te lo dije, Gabriel, te lo dije.

Seguimos bailando, muy pegados, y ella seguía hablando. Luego bebíamos y bailábamos y bebíamos, bailábamos, bebíamos, sí, sí, sí.

Las cuatro de la mañana: los músicos se van. Mis padres no regresan. Otros se van. Alguien ronca en la biblioteca. Más gente se retira. Nosotros, sí, bailamos. Otros más se van. Bailamos. En el estéreo suena *Swing Down Sweet Chariot*. Los más borrachos se han ido. Afrojazz ahora. No han vuelto mis padres. Aún bailamos. Ya no hay nadie en la casa. Bailamos. La mano fina de mi tía oprime el interruptor de la luz. Bailamos. Otro trago. Ya no hablamos. Bailamos. Se separa. Me toma de la mano. Ha caído otro disco. Subimos las escaleras. Música de Peter Appleyard. Abre la puerta. Oscuro. Jazz. Cierra la persiana. Más oscuro. Sus labios enterrándose en los míos. Mareado. Hemos caído en la cama. Ya están aquí: vueltas, vueltas, vueltas. El vértigo. Círculos. Mi tía me besa. Ondas, giros, órbitas. Besándome. ¡El vértigo! Las vueltas vueltas, círculos...

De la misma manera como había llegado, Mrs. Berta Ruthermore se fue. Mis padres la despidieron en el aeropuerto. No quise ir, no podía verla otra vez. Sentía que la vergüenza se desbocaba por mis sienes. En la mañana, muy en la mañana, al despertar viendo la espalda desnuda de mi tía, me odié terriblemente y salí de ese cuarto. Los efectos de la embriaguez de la noche anterior, la árida boca, la casa desordenada, mis manos temblorosas, el recuerdo de mi tía, los vasos vacíos, y por último, mi imagen reflejada en el espejo de la sala, se revolvieron en mí, bulleron en mi cerebro haciendo que abandonara la casa para refugiarme en un hotel cercano.

Regresé hasta estar seguro de que Mrs. Ruthermore ya se había ido. Los criados se afanaban borrando los recuerdos de la noche anterior. Caminé por el pasillo, dirigiéndome, inconsciente, al cuarto de los huéspedes. Entré atemorizado. Aún no lo arreglaban. La cama deshecha, las persianas bajadas. Todo igual. Sobre el buró estaba un papel doblado, donde se leía: GABRIEL.

«Forget that night of madness, excuse my heavy drinking and thanks for the memory.»

Tras leerlo, reí: reí a carcajadas, sin poderme controlar. Del lado no escrito, puse:

It was a terrific sound
Giggle or noise
Perhaps was spellbound
Perhaps a voice.

—La debilidad exterior proviene de la debilidad interior —dijo Jacques, orgulloso de su frase, pero todos se la reprobaron al instante. Ganó un sinfín de silbidos y de opiniones mordaces.

Con esa frase terminaba su ensayo titulado *Tentativa de un estudio acerca de la intelectualidad contemporánea o la siquis de don Juan Tenorio a los dieciocho años,* donde citaba en griego, latín y esperanto. Jacques me miró con angustia.

—¿Qué te pareció, Gabriel?

Miré las caras de los circuloliterariomodernistas: esperaban mi respuesta como acertado colofón, mientras Jacques imploraba con los ojos una crítica satisfactoria. Al fin dije:

—Indubitablemente, tu modesta tentativa es la prueba irrefutable de que tu obra parafrasea con éxito la totalidad de la sandez humana.

Hubo una explosión de carcajadas crueles, con la ira de Jacques en crescendo. Me llamó mediocre, burgués, tarado y cosas por el estilo.

—Vas a ver.

Al terminar la reunión, me escabullí rápidamente, temiendo la mirada de Jacques. Fui a un café, donde bebí esa mezcolanza de sombras pensando si realmente había líquido en mi cerebro.

En la mesa contigua estaba un pederasta tirándome

el anzuelo, pero me fingí ídem y prefirió retirarse. Recordé a Germaine y me pregunté (estúpidamente) si estaría pensando en mí. Después, inclinaba la cabeza de un lado al otro.

Con ritmo, pensé, para seguir con el juego.

Después, la noia. Fui hacia allá. Casi al llegar, decidí telefonearle. Su voz sonaba lejana. Pregunté si podía visitarla y accedió.

El automóvil, funcionando casi perfectamente, me transportó a su casa. Me senté en un mullido sofá. Todo era lujo y comodidades. No fue mucha espera: bajó sonriendo. Se sentó en un sillón, junto a mí, entornando los párpados, con su sonrisilla. Extrajo de la falda una cajetilla de extranjeros cigarros y ofreció sin mirarme.

—¿Qué deseas?

—¿Acaso es necesaria una razón para verte?

—Mais oui.

—Entonces, hipócritamente, diré que ansiaba estar contigo.

—¡Vete al infierno!

—Yo aclaré.

—Está bien.

—No muy bien, pero está.

—¿Te sientes ingenioso?

—Mais non.

—No me arremedes.

—Ya vas.

—¿Cómo has estado?

—Mira, chérie, ésa es una pregunta vulgar que amerita una respuesta del mismo calibre.

—¿Cuál?

—Bien.

—¡Ahhh!

—Y, ¿tu madre?

—En fin, ¿estás sola?

—Con mi estúpida hermana. ¿Quieres un trago?

Salió dando pasitos cortos, como de ballet. Me dediqué a observar un retrato de su señor padre que fue, seguramente, la obra de un morfinómano con pretensiones abstraccionistas. Cuando regresó con las copas, le pregunté por el mamarracho que intentó pintar a su padre. Respondió, sin inmutarse, que había sido ella. Mis carcajadas invadieron la estancia.

—¡Tu padre debe quererte mucho para colgar ese engendro en plena sala!

—Vamos, no te burles. Mi talento, combinado con el ocio, produjo esto.

—Y aparte de tus bocetos, ¿qué haces?

—Sabrás, soy el arte mediocre con faldas, pues también escribo.

—¡Caray, cuántos intelectuales en un solo país! Habrá que ver tus trabajos, puede ser interesante.

—¿Crees?

—Yep. Formo parte de un círculo literario y correteamos a los nuevos valores.

—¿Podría entrar?

—Claro, andamos escasos de fondos y tus cuotas nos empujarían bastante.

—Entonces, entraré.

—No podrás escaparte —precisé con expresión de canalla.

Salimos de su casa para anegarnos de licor en un bar. Whisky, whisky, Castillo. Pensé que mi cerebro se volvería charco. Pasado un momento, los efectos del alcohol empezaron a dejarse sentir: las luces se empeñaban en bailar un cursi pizzicato. Germaine, mirándome divertida. Luego, para mi pesar, irrumpió el show. Cosas vulgares y gazmoñamente pornográficas se sucedieron.

—Este show es una invitación al vómito —dije a Germaine—, yo me largo.

Sus ojos se alegraron, y tras acabar con su licor, respondió.

—Nos largamos. Allons enfants de la mairie!

Tras pagar, nos refugiamos en el cochemóvil. Estábamos embriagados hasta la médula.

—¿Qué hacemos?—preguntó, mientras el aire se colaba para juguetear con su clitorito.

—¿Por qué no vamos a faire l'amour?

Pero se negó.

—Vete al infierno, ésas son cochinadas.

Sin insistir la llevé a su casa. Después, ya en mi cuarto, al desvestirme, advertí que todo era nebuloso.

¡Oye, Gabriel, tienes líquido en el cerebro!

Logré acostarme, sólo para sentir el deseo de que Germaine estuviera conmigo. Mas no era así y un raro sentimiento me llenaba, como cuando las olas alcanzan la arena. Y yo, borracho e idiota, me sentí solo, ahogado en el líquido de mi cerebro.

Al día siguiente desperté con un dolor que puso fin a las pesadillas con que bregaba. La cabeza bailoteaba sobre mi cuello y el sabor de whisky corroía mi boca. Estaba atravesado en la cama, con la lengua seca y el cuerpo perdido en una humedad desquiciante.

No sentía deseos de nada: me odiaba casi en serio. Nada era imposible. No tenía ganas de levantarme ni de permanecer en la cama. La luz lograba penetrar por algunas rendijas enterrándose en mis entreabiertos ojos, con rabia.

—Soy un cochino —dije al levantarme.

La regadera brindó su hospitalidad y el agua hizo que reaccionase. Recordé que ya era tarde y aún no desayunaba. Me sentía extraño, confuso, débil, y el dolor ubicado en mis sienes permanecía con terquedad. Agua caliente resbalando por mi cuerpo; abierta la boca, las gotas penetran en ella. Abrí la fría: mi cuerpo se contrajo sintiéndome un poco mejor.

No comí casi nada, pero bebí hectolitros de agua. Mi madre me regañó por llegar tarde la noche anterior, mientras yo balbuceaba disculpas incoherentes.

En el jardín el sol me golpeó con furia, obsequiándome una comezón exasperante. El cuerpo me picaba y sentí la necesidad de huir para refugiarme en la sombra. La casa y yo estábamos tristes. Sentí deseos de pegarme un tiro.

Sería sencillo, y divertido, acomodar el cañón de la pistola en mi boca, ¡qué albur tan suicida!, y juguetear un poco con el gatillo hasta que la lengua de fuego acompañara a la mía. Pero no, no podría ver la cara de los asistentes al velorio, ni de los amigos incrédulos, ni la nota en los periódicos, ni mi sepelio... En el seno de la Santa Madre... ¡Pura madre! No vale la pena, el principal goce me sería vedado, como todo.

Intenté escuchar música seria, pero se atoraba en mis oídos, negándose a penetrar. Tuve que recurrir al jazz que me dejó una sensación de vaciedad interna. Mascullé:

—Realmente debo saludar con buen rostro a mi propio ser —para agregar en voz alta—, ¡buena suerte, ignorado!

Mi prima entró, mirándome divertida. Me volví para espetar con enojo:

—Estimada Laura Algomás, prima hermana mía, lárgate al infierno antes de que opines algo.

Rio de buena gana.

—Alguna vez pensé que estabas orate y ahora lo compruebo.

Traté de encerrarme en mí mismo, pero ella pidió:

—Gabriel, la mañana está demasiado hermosa para que la eches a perder con tus idioteces; sírveme un collins.

—Pídelo, no soy tu criado.

—Deja tu agresividad, lo prepararé yo misma.

Tras ir a la cantina, regresó con un par de ginebras en las rocas. Me ofreció un vaso, y tras dar un pequeño sorbo:

—Revuélvelo, no seas salvaje.

Haciendo un mohín, revolvió la ginebra con jugo de toronja. Me supo bien y despejó mi estado de ánimo. A Laura no le gustó el *Solitude* de Duke Ellington y puso unos rocks comprados en una debilidad pasajera.

—De Ellington a Washington, prefiero Washington.

—Yo, Remington —agregué con sorna.

Coreamos las canciones durante un buen rato, y con el trago, desapareció mi dolor de cabeza. Laura estaba inquietísima, no permanecía más de *dos* segundos en un lugar. Se acercaba para hacerme cosquillas, mascullando sandeces.

—Broco emboco y coloco porquentoco y tienes una chistosísima cara de/

Yo la rechazaba, riendo, pero agradecía en lo profundo su ligereza. De pronto me vi haciendo chistes, y luego, escuchando con interés su plática.

—me veo en el aprieto, Gabriel. Este Jaime Jaimito quiere poner en práctica las teorías del Kama Kostra o como se llame. Le digo chitón perrito. ¿qué mosca picote? Pero no me hace caso. Entonces, aprovechando mi característica agilidad, me levanto. Jaimín se queda literalmente nadando en el sofá. Debe creerse en camita, con enternecedores sueños eróticos, porque se bambolea y se agita como loquito. Tarda siglos en darse cuenta de que ya no tiene *partner*.. Lo observo despatarrándome de risa. Cómo eres, *mi vida*, dice el idiota: No paro de reír como enana. ¿Qué te pasa?, ¿de qué te ríes?, pregunta el menso, enojándose poco a poco. Tú sabes que cuando empiezo a reír ni quien me pare. Jaimazo se enoja. Está rojo rojo, buscando una palabra cochinísima para insultarme. Peor no la encuentra, ya ves que anda corto de riqueza idiomática. Por fin se sacude todo y eructa: ¡Mancornadora!, aúlla temblando. Yo casi doy brincos y volteretas de la risa. Ve nomás: mancornadora. Se voló la barda. Eso fue un día después de la fiesta en su casa. Desde entonces no lo he vuelto a ver, ni ganas: reventaría de risaloca. ¿Dónde vamos a comer?

—Ah, con que venías a gorrear la comida. . .

—Claro. Mi padre, tío tuyo por añadidura, está enojado conmigo porque le contaron un truculento chisme/

—¿Chisme?

—Chisme —recitó— no es contar mentiras, sino contar cosas con mala fe.

Aplaudí.

—Grazie. Así es que prefiero torearlo más tarde, cuando se le haya pasado la furia. Bueno, no te hagas, invítame la papa, ¿no? *Detesto* la comida casera.

Riendo, le comuniqué mi falta de dinero. Tras un buen rato de meditación, subimos a la recámara de mi mamá para birlar un broche de esmeraldas.

Nos estacionamos frente al Monte de Piedad, donde

dieron tres mil pesos por el broche. Al salir, un agente de tránsito se afanaba en quitar la placa del auto.

—No sea malito señor —lloriqueó Laura—, si sólo estuvimos un ratito adentro.

Los coyotes del Monte de Piedad contemplaban la escena atentísimos (ya antes habían querido comprar el broche, y después, la boleta), intimidando al agente.

—Está prohibido pararse aquí. Déjeme ver su licencia.

—Cómo es, ándele, no se lleve la plaquita, para qué le sirve... —insistía Laura, con su sonrisa sexy, moviendo los hombros.

—Además, olvidé la licencia —pio Laura, entornando los párpados.

—Uh, señorita, le conviene más que me lleve la placa, en realidad debería llamar a la grúa y llevarme el coche.

—Pero usted no es tan malo —dijo Laura compungida—, a leguas se le nota lo buena gente. ¿Le han dicho que se parece a Pedro Infante? —agregó con cínica coquetería.

El agente se ruborizó.

—Palabra, ¿no vio usted *ATM* y *Qué te ha dado esa mujer?* Con el uniforme de tránsito era igualito a usted/

—Pero/

—y acuérdese qué buena persona era Pedrito cuando salía de agente. ¡Dios mío!, se parecen *horrores*.

Coloradísimo, el agente nos dejó la placa. Laura, tras hurgar en su bolsa, le dio cincuenta pesos.

—Un recuerdito, señor. ¿Siempre está aquí? A ver cuándo lo invitamos a una fiesta.

El agente se fue, feliz, tarareando *Amorcito corazón*.

Laura y yo reíamos como locos. Cuando arrancaba, ella sugirió:

—Momento, primito. ¿Para qué quieres la boleta? Ni que pensaras desempeñar el broche. Vamos, véndela.

No me dejó titubear siquiera: arrebató la boleta y la vendió —¡en quinientos pesos!— a un coyote voraz que rondaba el auto.

Pero no me molesté. Me sentía espléndido. Laura exigió los cincuenta pesos del agente y también los restituí.

Fuimos a La Pérgola y Laura dio mucha guerra a los meseros. Nos sirvieron chateaubriand con salsa de Berna y tinto de Anjou. Dejé cuarenta pesos de propina, por lo que salimos entre vítores y múltiples.

—Hasta la vista, señor.

Siempre me carcajeo cuando me dicen señor y por eso manejé muy mal, pero logramos llegar a la Arena México. Una multitud de muchachitos idiotas (con suéteres de grecas y toda la cosa) se lucían patinando, como si estuvieran en Cortina d'Ampezzo.

Laura, fingiendo no saber patinar, tiró a cuanta persona se cruzaba por su anárquico camino. Tomaba vuelo y a media pista agitaba los brazos hasta empujar a quien estuviera más cerca. Caían de sentón en el hielo. Yo la veía de lejos, sonriendo. Vi cómo alquiló a un instructor de patinaje (que pagué yo) y cómo lo hizo sufrir sin piedad, fingiendo ser neófita.

Antes de salir nos atiborramos de sándwiches y malteadas. Luego, Laura dio cuatro vueltas a la pista, patinando impecablemente, con piruetas y todo. El instructor se puso verde.

A las ocho cuarenta salimos de la Arena México y fuimos al Pedregal. Fiesta en casa del senador Robatealgo. Nos miraron escandalizados porque éramos los primeros en llegar y no vestíamos adecuadamente: Laura, pantalones; yo, levis y chamarra de gamuza.

Rocanroleamos sin tregua. Cuando alguien quería bailar con mi prima, ella se negaba.

—Este día se lo concedí a mi primacho.

La fiesta estaba infame pero nos divertimos epatando a los presentes. Íbamos de un lado hacia otro con sendas botellas de old parr y platicábamos con los mayores.

—¿Cómo anda el senado, senador? —preguntó Laura bebiendo a pico de botella.

—Cuéntenos —reforcé.

El senador estaba acompañado por tres colegas barrigoncitos y nos miró, visiblemente nervioso.

—Bien, bien...

—¿Se divierte, senador?

—¿Ya cenó, senador?

—¿Usted cree que yo pueda llegar a senadora, senador?

—¿Usted cree que yo pueda llegar a líder del senado, senador?

—¿Usted no es líder del senado?

—Pues, no/

—¿Por qué no?

—¿Le cenaron el mandado, senador?

—¿Es difícil la grilla del senado, senador?

—¿Pertenece usted a alguna comisión?

—Sí, a la/

—¿Cuánto le pagan, senador?

—¿Le costó cara su casita?

—Échese un trago con nosotros, senador.

—Ándele, brinde por la juventud, no sea ranchero.

El senador nos miró glacialmente.

—Sí, senador, ya nos íbamos.

—Vamos a cenar, senador.

—Muchas gracias por sus consejos, señor senador, los tomaremos muchísimo en cuenta; y gracias por narrarnos tan gongorinamente sus vicisitudes como senador. Acuérdese que ya quedó en ayudarme a ser senadora, senador.

—Antes de irnos, ¿por qué no baila con mi prima, senador? Ficha barato. Tostón la pieza.

—No sea malito, senador, baile conmigo. Gratis por ser para usted. Un rock y ya.

El senador no quiso: seguramente estaba guardando energías para una sesión recamaral con el proyecto en turno.

En el jardín, abrimos las jaulas de los pájaros para dejarlos escapar. También echamos tierra en la alberca. Rompimos dos floreros. En el baño tiramos la pasta de dientes en la tina, mojamos todos los jabones, limpiamos nuestros zapatos con las toallas y yo oriné en el lavabo, tapándolo previamente.

Salimos al coche, sin olvidar las botellas de whisky, y hasta entonces llevé a Laura a su casa. Apagué el motor y encendí un par de cigarros, antes de seguir bebiendo.

Le conté lo de Germaine, y tras algunos reparos moralistas, lo de la tía Ruthermore. Me escuchó con interés, y cuando terminé, dijo:

—Quién te viera, Gabrielongo. Te felicito. La tía Berta es una pieza fuerte. Pero me voy, como andas incestuosón, a la mejor aquí quedo. Chao.

Reí falsamente al verla bajar, mas para mi sorpresa, solamente sacó su coche.

—Voy a dar un paseíto por el campo, para refrescarme —gritó.

No quiso que la acompañara, riendo divertidísima.

54

La vi salir a toda velocidad y ya entonces fui a casa, donde dormí como un diablito.

¡Maldita sea!, después de todo, conocí mi figura enfundada en traje de riguroso luto. Esa misma noche, cuando Laura regresaba a su casa, el auto volcó.

Tuve que soportar los aspavientos exagerados de los parientes. Laura, con quien había logrado congeniar, abandonaba el campo. Me abandonaba, sollocé con todo mi egoísmo. Este pensamiento, y el ambiente en general, hacían que odiara a todos. Vomité cada vez que oía sandeces acerca de la falta de precaución de los jóvenes.

—Me dan asco —dije sordamente.

Las miradas en el suelo, susurros de oreja a oreja, alabanzas a Laura de quienes antes la criticaban (mis padres entre ellos). Luego, el entierro. Gente de negro, cabizbaja, fingiendo tristeza y desolación. Una tía, que apenas conoció a Laura, hizo su escena ante la tumba. A la fuerza, algunas lágrimas salían de los ojos de los presentes. Miradas de soslayo, evitando verse las caras. Y los chismes acerca de las ropas. El tono de lástima para con mi tía, que supo comportarse mejor que todos ellos, por lo que ganó un poco de mi estimación.

Qué miedo tan idiota ante la muerte, es lo único digno de estudiarse en esta vida.

Desde la muerte de Laura, decidí trabajar literariamente. Escribir una novela. Me encerraba en mi cuarto casi todo el día, escribiendo capítulos que nunca me gustaban y que perecían en el bote de la basura.

—Tengo que hacer algo.

Ensayé con poemitas en inglés y francés. Mecánicamente tomaba cuartillas para intentar algo. Mirando el papel, encendía un cigarro, para atacar nuevamente la novela.

—Qué bodrio.

Luego, más versos.

> No soy nada y soy eterno
> eterna impotencia oscura.
> Voz que se pierde en susurro
> alma que almas enluta.
> Ojos áridos sin luz,
> ojos de obra inconclusa.
> Sonrisa nunca advertida:
> helada sombra de gruta.
> Existencia sin razón,
> vida sin olmos ni luna.
> Lo hecho nada ha valido,
> sólo temores y angustias.
> El amor está deforme
> en languidez de la bruma,
> el canto ya es canto sordo,
> sin matices y sin música.
> ¿Para qué vivir así
> si mis cantos no se escuchan?
> ¿De qué me sirve llorar
> si yo he tenido la culpa?

Y sirvió el retrofechado poemita: me hizo ver que mi cerebro estaba realmente lleno de algún líquido extraño.

Preferí botar las cuartillas para leer una novela de Barbusse, y así, fumando, leyendo, leyendo, fumando y sabiendo que no estaba entendiendo.

¡Sorpresa! Germaine vino a verme la tarde siguiente con aquello de

—Si la montaña, etcétera.

Aunque no la había visto durante un mes, no pidió explicaciones porque sabía —o creo que sabía— que no estaba dispuesto a darlas.

Considerando que en mi casa el ambiente estaría fúnebre, la invité a salir a cualquier parte. Pero se negó, arguyendo que quería estar en *mi* casa, conmigo (que je n'entends pas!) Pasamos a la biblioteca, donde se había divertido tanto (sic), para iniciar la ronda de costumbre que tanto me hastiaba ya. Beber whisky, adquirir un tono rojizo en la cara y comportarse como imbécil.

En efecto, ya con varios tragos encima y nada de non plus ultra, enfaticé:

—¿Sabes qué necesito?

—¿Qué?

—Acostarme contigo.

—¿Para qué?

—Sais pas.

—Tú bien sabes que no soy una vagina andante, lárgate a un burdel.

—Tú *no* quieres eso.

—Pues tampoco estoy dispuesta a entregarme así como así.

—Entonces, ¿cómo le hago?

—Sedúceme, despliega tus dotes donjuanescas.

—¿Es un reto?

—Mais oui.

—Acepto.

—Parfait, puedes darte por frustrado.

—Y tú, por seducida.

Seguimos con el whisky, mientras trataba de excitarla, pero ella eludía mi erotismo con frialdad. Redoblé mis ataques y nada. El poseerla se había convertido en obsesión, era ya por orgullo.

Estuvimos aún bastante rato y proseguí mi lucha con el temor de que mis padres se fueran a presentar. Por eso, con un par de botellas, salimos en el auto.

Pasada la medianoche finalmente hicimos el amor, sin sentir más que una mínima satisfacción. De regreso en su casa, dijo:

—No puedo negar que fue una buena contienda, pero, Gabriel —no pudo aguantar más la ironía—, *jamás* quise hacer el amor contigo, al fin lo hicimos y me siento humillada, muy humillada...

Como buen imbécil que era, contesté secamente:

—Estamos demasiado ebrios, vete a acostar.

Me miró con angustia, entre sollozos.

—No, Gabriel, esto ha sido demasiado. Por favor, no quiero verte de nuevo, *no* podría.

Confieso que entonces no comprendí, sólo pude asentir, encogiendo los hombros. Vi consternado cómo entró en su casa, llorando, sin volverse.

Permanecí un largo rato mirando a la puerta, y luego, con pasos lentos, regresé al coche. Estuve en un club nocturno de las afueras de la ciudad casi hasta el amanecer. Después, anduve por varias calles, estacionándome en una al azar.

Al amanecer, me encontraba sentado ante el volante, viendo los rayos solares reflejarse en las más altas ventanas de un edificio. Me sentía como golpeado, sin sueño. El dolor de cabeza llegaba en oleadas. Supe perfectamente que en mi casa estaría la voz áspera de mi padre y que mi vida seguiría su mismo monótono curso.

¿Tengo realmente deseos de volver?

Advertí que deseaba con ardor mandar todo al infierno, incluyéndome. Botar mi vida, ir a cualquier parte, pegarme un tiro o algo, algo que no encontré. Vi al sol que aún se reflejaba en el edificio. Lo miré largamente y supe que mis manos sudaban. Me sentí pálido, sin vida. Metí la llave en la ignición y mantuve ahí mis dedos, acariciándola.

¿Me esfumo para siempre del círculo o sigo, sigo hasta que explote?

Cerré los ojos con violencia y el dolor de cabeza se pronunció aún más. Mis dedos acariciaban la llave.

Abrí los ojos, para encontrarme con un anciano que pedía limosna. Negué con fuerza, con los ojos cerrados. Luego, volví a abrirlos y pude ver que el mendigo se retiraba, encorvado. Retiré al instante la mirada de él para encontrar mi mano, sudorosa, los dedos sobre la llave, y en uno de esos largos dedos de pianista, un anillo de brillantes minúsculos brillando profusamente.

Vi al anciano perderse al final de la calle y vi el anillo que brillaba y arranqué el motor, arranqué el motor y salí, sí, exacto, rumbo a mi casa.

ESTABA CONCENTRADO en el poema escrito cuatro meses antes: lo encontré al hurgar en unos papeles guardados hacía tiempo en un portafolios. Recordaba perfectamente mi estado de ánimo al escribir ese *No soy nada y soy eterno*. La sucesión de ideas, la muerte de Laura, el final con Germaine, etcétera. Incluso, recordaba demasiado bien la mirada de aquel mendigo al pedirme la limosna. De todo eso distaban cuatro meses. Para entonces ya estudiaba preparatoria (en la misma escuela), bachillerato único, listo para terminar ese par de años e ir directo a Filosofía y Letras. En una semana cumpliría diecisiete años.

Jacques había terminado de leer su ensayo y todos los circuloliterariomodernistas se miraban, sin saber cómo empezar la crítica. Dejé el poema, decidiendo atender a la reunión.

Tulio, el pederasta, empezó. Luego, David: mi hermano de saliva. Vicky y Rosaura no opinaron. El señor Muñiz, presidente, repitió la opinión de los demás y la señora Ruth dio puntos vagos. Confesé no haber escuchado, lo que me trajo la consiguiente mirada desdeñosa de Jacques.

Junto a Rosaura y Vicky estaba una amiga de ellas, fumando cigarro tras cigarro. Sus ojos grandes y hermosos parecían distraídos. Era muy bonita y me sorprendí admirándola: desde Germaine no me había fijado en ninguna muchacha. Esbelta, alta —casi de mi estatura—, piel acariciable. Y los ojos grises, gélidos. Nada sabía de ella, salvo que era amiga de Vicky y que estaba frente a mí.

Distraídamente, sacó ùn centésimo cigarro, mirando al vacío, y de repente, se volvió hacia mí con una sonrisa.

—¿No tienes lumbre?

Nerviosamente saqué el encendedor. Cuando prendió su cigarro volvió a sonreír con cortesía y a lucir su cara de distracción.

Críticas y lecturas finalizaron y el señor Muñiz se sentó correctamente para decir:

—Asuntos generales, ¿hay algo que decir o proponer?

Vick levantó la mano, y sin esperar permiso para hablar, dijo:

—Tengo el gusto de presentarles a Elsa, Elsa...

—Galván —terminó ella.

—Eso es, Elsa Galván. Es la mar de inteligente y escribe poesía, quisiera pedir que sea aceptada en este Círculo Etcétera por ser una persona positiva y con inquietudes.

Alguien pidió que leyese algo y Elsa, más rápido que de prisa, leyó tres poemas sin dedicatorias, un poco cursis. Por votación unánime de los circuloliteratomodernistas fue aceptada.

Cuando terminó la reunión, salí hasta el final, para encontrar con que me esperaban Vicky, Rosaura y Elsa. Llevé a las hermanas San Román a su casa, y ya con Elsa, fuimos a cafetear. Platicamos de Sandburg y Pound y después me dediqué a alabarla. Debió sentirse satisfecha, pues tras sonreír muy coqueta, me invitó a su casa para escuchar a los clásicos.

Su casa era enorme, llena de lujos idiotas. Nos colocamos en el salón de audiciones, donde un maravilloso estereofónico con cuatro speakers y reverberación era la principal joya. Platicamos escuchando *La sorpresa* (que no me sorprendió), la *Historia de un soldado* (sin faltas de ortografía) y el buen *Lohengrin*. Tras despedirme, la dejé en su casa, agitando la mano.

Llegué a mi casa, sumamente contento por haber pasado un rato agradable, cosa que hacía mucho tiempo no lograba. En la mesita del vestíbulo encontré una carta. ¡De Viena! Garabatos dóricos a la vista. Sonriendo por la sorpresa, encontré un disco, una grabación estereofónica deutsche-grammophon de los valses de Strauss (daddy & kiddo).

Subí a mi recámara rápidamente para poner el disco. Primero, *Wein, Weib und Gesang,* y sintiéndome como un vienés ante el sucio Danubio, empecé la lectura de la carta que transcribo.

Canallísimo pero querido Gabrielucho,

¡ya casi aprendí a hablar alemán! Estoy segura de que en poco tiempo lo domino. Tenías razón, aunque mis primeros días en Österreich los pasé odiándote, ahora estoy feliz. Exceptuándote, no extraño a nadie de México y sólo en instantes mi pensamiento vuela hacia allántaros para odiar Con Todas Mis Fuerzas a Colbert y a mi Vater. Los valses te los mando y desde aquí me burlo, porque fuera de los archiconocidos títulos, no entenderás nada. También te mando una postalucha del Schönbrunn en la época de Franz Josef (como seguramente no sabes quién fue ese obeso señor, aclaro: Kaiser de Austria y rey de Hungría hasta su muerte —*acae-*

cida en 1916—, esposo de Sissi de Wittelsbach-Schneider, hermano de Maximiliano —el de la orate Carlota— y tío del retrasado mental que mataron en Sarajevo desatándose la erze guerra mundial, alias la Gran. ¿Satisfecho? Bueno). Te mandaré también el *Ritter Nerestan,* que tanto nos gusta. Mi tía es muy gente y me da todas las libertades, razón por la que ha ganado un cacho de mi afecto. Por esos contornos conozco ya, de Checoslovaquia, Praga, Baviera y Bohemia (donde la gente no es ídem). Hace poco regresé de Budapest y me preparo para ir a Berlín. Otra nueva: soy casi marxista y estoy encantada de serlo. Pienso, en un tiempo nada lejano ir a Moscú y a la Grado de Lenin. Comprendo que aún soy una burguesita —¿hamburguesita?—, no, burguesita, je je, pero he de proletarizarme —¿se dirá así?—, y eso deberías hacer tú, dejar esa vida retrógrada que llevas. Como podrás imaginar no he entrado en ninguna escuela, ni pienso hacerlo por lo pronto. Me dedicaré a viajar y a estudiar marxismo. Bueno, espero tu elemental respuesta contando chismes del CLM, de l'école y demás. A pesar de la chuequez que me hiciste, te quiero desde siempre.

DORA.

Acabé la carta cuando el *Du und Du* terminaba también. Fuera de que sí sabía quién fue Pancho Pepe, la carta me agradó muchísimo. Levanté la vista y vi el techo azul con gusto, por primera vez en mi vida. Me sentía contento: apreciaba mi cuarto, la música, me vi en el espejo con simpatía, y al acostarme el contacto con las sábanas fue casi una caricia.

Me dormí al instante.

Aproveché una hora libre para hablar a Elsa. Des-

63

de que había despertado estuve pensando en esa llamada telefónica. Bajé corriendo para salir a la calle, en busca de un teléfono público. Veinte centavos. Su número: 43-25-66, lo aprendí de memoria. Marqué lentamente, no quería equivocarme.

Cuatro.

¿A dónde podré invitarla?

Tres.

¿A tomar un café?

Dos.

O, ¿a dar una vuelta?

Siete.

¡Ya me equivoqué, si seré estúpido!

Clic.

Rebuzno...

Cuatro.

Mis dedos están temblando

Tres.

jamás he visto ojos parecidos

Dos.

no puedo perder la oportunidad por ningún

Cinco.

¡Vaya, voy bien!

Seis.

Es más que interesante, tengo que intimar con ella.

Seis.

Ya está, llaman.

Empezaron los ruidos y sus intervalos: uno largo, silencio corto. Mi oído pegado al auricular, los largos dedos de pianista envolviendo el tubo negro. Ruido largo y corto silencio. La mirada en el vacío, una pierna adelante de la otra. Largo ruido, silencio corto. Una mano en el bolsillo, buscando el pañuelo. Ruido, silencio. Respiración rápida. Una señora obesa con un niño espera turno. El ruido prolongado con su breve silencio. La mano fuera del bolsillo para frotar el ojo izquierdo. Ruido, silencio. La mirada en la señora, los pies juntos, los dientes en los labios. Ruido largo, silencio corto. La señora ve su reloj, la mano sacudiendo la camisa. Ruido y silencio, ruido / ¡Listo, contestan!

—¿Bueno? —pregunta Voz Desconocida.

—Por favor, con Elsa.

—¿De parte de quién?

—De Gabriel Guía, un amigo del Círculo Literario Moderno.

—¿De dónde?

—Del Círculo Cuaternario Incierto.

—Veré si está, un momento.

—Muchas gracias.

Un instante de silencio con la mirada de la señora.

—¿Sí? ¿Quién habla?

—Gabriel, ¿no me recuerdas?

—La verdad, no.

—Soy del Círculo Literario Moderno / Ayer estuve en tu casa...

—Ah, *sí*. Es que no sabía cómo te llamabas.

—Me imagino, que yo recuerde, no nos presentaron.

—Bueno, eso no importa, ahora sé tu nombre. Gabriel.

—Lo veo.

—Bueno, ¿y para qué puedo servirte?

—Te hablé porque realmente me dejaste impresionado —recité, de carretilla.

—Por favor...

—Es cierto, y pues, quisiera invitarte a tomar un café, a dar una vuelta, o a cualquier lugar, ¿podrías?

—¿A qué horas?

—Cuando gustes, sólo quiero verte de nuevo.

—Qué genial. Pues, mira, yo, encantada; hoy salgo de clases a las siete, ¿puedes pasar por mí a la escuela?

—Con gran placer, ¿dónde está tu escuela?

—Perdóname, creí que sabías: es la Facultad de Filosofía y Garabatos, en CU.

—Ajajá. ¿Dónde te encuentro?

—En el café, ¿okay?

—Okeyísimo; entonces, hasta las siete, Elsa.

—Hasta las siete. En el café. Chao.

—Sí, en el café Chao.

El auricular en su puesto y corresponde el turno a la redondez con niño. El sol estaba en su cenit (mais non, G.!), repartiendo luz y calor sin egoísmos. Caminé lentamente hacia la escuela, gozando de los rayos solares, al pensar en los ojos grises de Elsa Apellidonacional/

¡Galván, eso es!, pero qué importa su nombre ante ella, toda belleza, nunca había visto alguien así.

Llegué a la escuela hecho sonrisas, saludando a los maestros (lo cual era insólito en mi caso).

A la salida encontré a Vicky y nuestra plática se redujo a Elsa. Me contó: su familia era del DF, tenía dieciocho años, estudió en la Universidad Femenina la preparatoria, y ahora, estaba en Filosofía; informome también: aunque salía con bastantes muchachos no tenía novio conocido, era vecina suya e informaciones idóneas.

—Es muy mona. Y bonita. A veces es sangre. Pero conmigo no. Bueno, una vez/

La dejé en su casa para luego enfilar hacia el campo, donde un anodino vientecillo hacía que las hojas se meneasen, arrítmicas. Es primavera, pensé resumiendo toda la cursilería que me era posible en ese instante.

En casa me esperaban a comer. Mamá, de pésimo humor, se decía muy mala de salud. Como antítesis, mi padre estaba muy contento y nos dedicamos a bromear con mamis. Pero se enfadó y empezaron los insultos maternos. Papá, aún bromeando, dijo:

—¿Qué te pasa, mujer? —ella lo miró encolerizada—, alégrate, no hay ningún funeral.

Como resorte aceitado, mi madre se levantó.

—No lo hay, pero lo habrá, el tuyo y el de tu amante si me sigues molestando, imbécil.

Mi padre palideció y de su sonrisa sólo quedo una mueca de rabia.

—No digas las estupideces de siempre.

Mamá, sin hacerle caso, fue a la cocina. Mi padre quedó paralizado viéndola salir, para después levantarse rápidamente, mascullando un

—Es el colmo.

Yo me quedé ahí, con el plato de carne a medio terminar. Pero mi humor era demasiado bueno para entristecerme.

Acabarán divorciándose, todo mundo conoce sus sendas aventuras... Respiré profundamente y fui a oír un disco —los valses austriacos—. Sentado en mi escritorio, con la pluma bailando entre los dedos, ataqué la novela con entusiasmo. Las frases se hilaban una tras otra y yo seguí trabajando a todo vapor.

Papá entró en mi recámara, y tras mirarme un breve momento, dijo:

—¿Tienes algo que hacer esta tarde?

—Tengo cita con Elsa.

—¿Quién es Elsa?

—Una muchacha.

—Pues claro. ¿De quién es hija?

—Se apellida Galván, deduce.

—Galván, me suena/ ¿Dónde vive?

—Cerca de la casa de Vicky, digo, del ingenebrio San Román.

—Ajá.

—¿Por qué preguntabas si tengo algo que hacer?

—Quería que me representaras en el Club.

—Pues, sorry, no puedo.

—Sí, me doy cuenta. ¿Qué escribes?

—Una novela.

—¿Cómo se llama?

—La *tierna garra,* o *Tierna es la garra,* todavía no sé.

—¿Y de qué se trata?

—Es muy largo de contar.

—Bueno, que te salga bien. Me la enseñas.

Salió, dejándome sorprendidísimo: mi padre jamás se había molestado en pedirme algo, y mucho menos en interesarse por mis affaires.

A las seis y media ya había escrito seis cuartillas, el esbozo de un cuento y un acróstico para Elsa. (Comme tu travailles!) Tras guardar todo cuidadosamente, me puse un traje grisóxford.

Llegué faltando diez minutos para las siete. Elsa aún no llegaba. Eso gano por venir antes, pensé al sentarme a una mesa. Junto, había unos tristísimos esnobs, casi beatniks, con clásica barba y clásicos sacos de pana (aún no gastados por la luna). Discutían acerca de Herr Hegel el Insondable, pero como decían puras barbaridades, no les presté atención. Entonces, el show fue una kleine con ojos excesivamente pintados y suéter de treintaidós colores. Hacía grandes ademanes y su risa se escuchaba en toda la Facultad.

Al fin apareció Elsa, platicando animadamente con

dos amigas. Las presentó. Por suerte, se fueron pronto. Café, cigarro, lumbre, su mirada.

—¿Qué tal está tu café?

—Pasable. ¿Tuviste clase?

—Sipi.

—¿A dónde quieres ir?

—Me es igual. Menos, claro, a un café.

—Pero, ¿algún lugar en especial?

—¿Conoces algún bar beat?

—Varios. Pero beat modesto.

—¿Vamos a La Mosca Azul?

—Suave.

Cuando apenas subíamos en el coche, propuso que mejor fuéramos al Mirador, lo que me agradó por razones obvias. En el camino, sintonicé música selecta. Bastaron tan sólo unas cuantas notas para que Elsa precisara que ése era el concierto Tal, opus Tal, del autor Tal, con la sinfónica Tal —conducida por Tal— y el solista Tal. Por lo que supe que era una perfecta connaisseur musital. Gracias a eso, para conquistarla, desplegué la táctica de hablar sólo de asuntos culturales, lo cual funcionó perfectamente.

En el Mirador, no sabía si lanzarme a fondo declarándome o esperar algún indicio: un tip de Vicky, su disposición. La respuesta la dio ella misma cuando, al encender un cigarro, retuvo mi mano unos momentos, viéndome con fijeza. Supe que ése era el momento adecuado, y entonces, fui yo quien tomó su mano al declamar melodramáticamente:

—Sabes, Elsa-Elsa, bien sé que sólo nos hemos visto dos conmovedoras veces, mas esas ambas ocasiones han sido suficientes para comprender que eres algo que ha penetrado en mí; ha sido tu sonrisa un aliciente, y tus ojos (grises, radiantes, bellísimos) los que imperan en mi mente desde que te conozco, los que me harían luchar contra todo si supiera que no los miraría jamás. Estás en mí, Elsa, eres parte mía. No puedes abandonarme ahora que siento desesperadamente la necesidad de tu cariño. A ti me une algo más que amistad voluble y pasajera, es afecto, amor, adoración; esto es, Elsa-Elsa, que quisiera que fueses mi novia, ¿comprendes? ¿Qué me dices?

Era bien claro que Elsa tenía tendencias románticas y por eso me lancé tan arteramente cursi. Elsa miró a la ciudad dando una larga bocanada de humo y dijo, sin mirarme, aunque sonriendo divertida:

—Casi perfecto, Gabriel. Destilaste un poco más de la necesaria miel, pero estuvo okay. Bueno, con respecto a la pregunta de que si acepto ser tu chamaca, bien sabes, y sabías, que te daría el yes. Espera, sólo me falta responderte con la misma moneda: querido y ya futuramente entrañable Gabriel-Gabriel, tu amor es altamente correspondido, tu figura varil, digo viril, tu gallardía, tu maravillosa personalidad han hecho que tu imagen no se aparte de mis sueños. Te amo locamente, Gabriel, eres carne mía que no me dejaré amputar. Te amo, sí, te amo, ¡ámame tú también!

Soltamos la carcajada al unísono y tras reír alegremente, Elsa colocó sus labios sobre los míos: un beso dulce. Sus brazos entrelazaron mi cuello y el segundo fue más ardiente y con más pasión. Al fin podía sentir esos labios estéticos, poesía en rojo vivo. (Gee!)

Wild things leauve skins behing them...

T. WILLIAMS

Casi mordí la almohada. Tenía enterrado el rostro. Ya estaba húmeda, mis lágrimas la habían mojado. Trataba de contener el llanto y no era posible. Sentía el cuerpo vacío y las lágrimas corrían sin detenerse. Era triste realmente. Yo, que menospreciaba los problemas sentimentaloides, sufría, y mi llanto era la mejor prueba. Primero intenté aguantarme, mordí mis labios, entumecí el cuerpo, mascullé majaderías sordamente, pero luego hice erupción: empecé a llorar con escándalo, sin discreción. Entonces me arrojé en la cama para llorar más a gusto. ¿La causa? Ríanse: Elsa Galván. Elsa Gavilán. Su zarpazo fue demoledor.

Cometí la estupidez de enamorarme de ella, y al saber que había tenido un amante, profesor de filosofía, el dolor fue más grande. Chistoso, ¿no? Mi alma era un círculo de dudas, dolor y rabia; pero aún fue más cuando Elsa lo admitió con sonrisas candorosas. Hombre, muchachito, ¿qué te pasa? Normal, era normal. ¿No conoces los facts of life? ¿No sabías cómo te procrearon tus papitos? ¿Acaso tenía yo esa clase de convencionalismos burgueses? En realidad, me jactaba de no tenerlos. Pero, comprendan, con ella era distinto. Que me cuelguen si sabía por qué era distinto. Pero era. Considerándola fuera de ese núcleo, no podía creer que también estuviese en la onda. Por eso, más que nada (qui te va croire, petit?), fue mi llanto. No porque hubiera tenido un amante/

—Yaaa. ¿A poco no sabías?

—Bueno, sí, Gabrielito/

—Señorita Galván, procedamos con la lección.

—claro, me acosté con él/

—Veremos la metafísica de los cuerpos, como nunca la pudo entender Kant, es decir, sobre un fondo mullido, acolchado, bamboleante.

—Era un relajo, Gabriel, en clase siempre le veía las piernas/

—¿No quiere tomar un café conmigo, señorita Galván?

—no, hace poco en realidad, pero, ¿de veras no sabías?

—Bésame, Elsa, esta noche te deseo más que nunca.

—Pero en qué país vives/

sino por mi imbecilidad de considerarla pura. Por eso lloré, yo, que la respetaba, por haberme equivocado. Yo, que empezaba a amarla, porque se había adueñado de mi ser. Yo El Equivocado.

—Mire, Elsa, el amor burgués es una cosa y nuestras relaciones, otra. El tipo mediocre necesita una mujer virgen, sumisa, que se ruborice al desnudarse en la oscuridad/

Pero no, no caeré en el mismo error. Ahora mismo iré por ella y será mía. No merece el tratamiento que le estaba dando. Ya aprenderá.

—Ya aprenderás, Gabriel.

Me levanté para lavar mi cara. Me vi en el espejo: ojos irritados, facciones descompuestas. Empapado de loción, tomé el teléfono.

—Quisiera ver si tienes tiempo libre para ir a un café —claro que ya no dije eso, Secamente, ordené:

—Te espero en el Viena a las seis, no quiero que faltes.

Y colgué, dejándola, lo más probable, sorprendidísima. Ya son las cinco y cuarto, tendrá que apurarse. Decidí llegar tarde, pero no teniendo nada que hacer, me senté tranquilamente. (Pensez, idiot, c'est ton heure.) Escuché *Die Lohengrin*. Cuando dieron las seis y cuarto, fui al café Viena de Insurgentes.

Ahí estaba, tomando un vienés un poco disgustada. Desde sus confesiones (tres días antes), no la había visto. Y ya estaba ahí.

—No falló —masculé con satisfacción al llegar hasta ella, sonriendo.

—Creí que no vendrías —dijo al instante.

—Ya ves, no he fallado —contesté distraído, dando a entender que ninguna excusa saldría de mi boca. Un mesero se presentó para preguntar si quería un vienés. Respondí que no me gustan los bebistrajos. Té. Negro. Se fue, malhumorado, y yo sonreí, observando a una mujer que chachareaba con el señor Ascohumano. La voz semirritada de Elsa se dejó oír:

—¿Cuál es el problema?

—¿Cuál problema?

—¿Para qué diablos me hiciste venir?

—Porque tenía ganas de verte, es lógico.

—¿Nada más?

—Claro, ¿debió morirse alguien?

—Casi. Tengo asuntos que tratar. No puedo perder el tiempo así como así.

—No lo perderás, te lo aseguro.

—Bueno, y aparte de beber café, ¿qué haremos?

—Ir al cine, ¿qué te parece?

—¿Al cine?

—Yep, veremos un programa doble.

—¿Vamos a ir a un cine de barriada?

—Claro. No me salgas con convencionalismos burgueses, Elsa-Elsa. Además, el programa ya está hecho. Pasan dos films: uno lo quiero ver; el otro, no. Por lo tanto, primero me divertiré con la película, y después, contigo.

—¿Qué te pasa, estás loco?

—Nada de eso, Galván, primero nos divertimos con la película, y luego, con nosotros mismos ¿Te gusta esa versión? ¿La pescas?

Claro que la pescaba. Me miró sorprendida, abriendo

los ojos al máximo, pero sin objetar. Terminamos nuestros cafés y fuimos al cine Gloria, donde exhibían una película austriaca muy chistosa. Luego seguía un nauseabundo western y fue entonces cuando sostuve un apasionado encuentro con la Galván. Confesó, al salir, estar «un poco aturdida», y viendo que no nos dirigíamos al coche, inquirió:

—¿A dónde vamos?

La miré con una sonrisilla sardónica al responder:

—Pues a un hotel, ¿a dónde si no?

—Volvió a mirarme sorprendida pero sin decir absolutamente *nada*.

Con toda premeditación no la dejé en paz hasta ya avanzada la noche, y entonces, no insistió en ir a su casa. Por el contrario, cayó dormida con pesadez. Yo, viendo logrado lo que buscaba, dormí también.

Me dejaba arrastrar por un arroyo que iba creciendo de caudal. Crecía, crecía, crecía, pasando por valles, selvas y cataratas, hasta desembocar en un mar sucio, oscuro, que con furia embatía las costas, causando destrozos. Yo iba en ese mar.

Avanzado el día, Elsa me despertó alarmada. La iban a despellejar en su casa. Aunque también correría igual suerte, me di el lujo de hacerle bromas, tomando la cosa con gran calma. Al fin, viéndola tan desesperada, fui a dejarla.

Cuando entró en su casa a toda velocidad, mi apenas visible sonrisa empezó a desarrollarse. Yo, sentado en el auto, riendo frente a la casa del señor Galván. Con grandes carcajadas me dirigí a la escuela, donde hice rabiar al profedistoria. Saliendo, fui a La Linterna. Tomé un enorme helado y ordené cuatro sándwiches de jamón. Al comer, recordaba las caras y gestos de Elsa, la noche anterior, cuando temerosa de embarazarse, me pedía toda clase de precauciones que por supuesto no tuve.

(—Wear a safe... —La ingenua. La apenaba decirlo en español.)

Y mi grotesca mano larga sobre su cuello cuando se durmió.

En casa, como imaginaba, me regañaron impecablemente, mas hice caso omiso de los argüendes paternos, dedicándome a estudiar la copia de una pintura de Goya (¡mi culto padre!) que había en la sala. Papá se cansó. Entonces, fingiendo tranquilidad, comí leyendo un pornográfico libro de homosexuales parisinos. Al irse mis padres a Nosedónde, enfilé a la sala para hacer escándalo con el estéreo. *Carmina Burana, La caída de Berlín* y *Lohengrin*. Comprendí que se hacía tarde y enfilé mis pasos a la reunión circuloliterariomodernista.

Llegué demasiado temprano. Apenas estaban el señor Ruiz y la señora Ruth. Empezamos a discutir la estructura de la novela contemporánea y la doña monopolizó la palabra (no porque supiera más, sino porque hablaba más: tenía la desgraciada costumbre de ladrar estupideces sin tregua). Para nuestra salvación llegó Tulio, quien fue atacado por Ruth: tenía «algo importante que comunicarle». Vicky y Rosaura me preguntaron por Elsa-Elsa. No supe si vendría, probablemente no.

—Me reservo la razón, je je.

Inquirieron luego si haría fiesta al día siguiente. ¿Qué era el día siguiente? Mi cumpleaños. Ah, sí, no recordaba/

—Inviten arrobas de amiguitas.

Luego interrogaron por mis trabajos.

—Van bien, van bien.

Quieren saber si leeré algo.

—Nop, hay que pulir los textículos.

Volvió a salvarme Tulio al pedir la rigurosa cuota, que pagué en ese mismo instante. David llegó con Jacques y se dio principio a la reunión. Informose que el pasquín por nosotros publicado saldría en una semana non sancta. Invité a todos a la fiesta. David leyó un capítulo de *Rojo y negro* que fue comentado (alabado). Jacques gruñó algo de Malraux que fue criticado y alabado. La señora Ruth leyó una pieza de teatro que fue criticada (y con razón). Se aprobó el informe de las finanzas. Y después de que Rosaura leyó un par de poemuchos sin métrica, sin rimas y sin poesía, me di cuenta de que la reunión había terminado, sin la presencia de Elsa.

Fui a casita para telefonearle. Me contó, con acento patético, que la habían regañado y estaba castigada. Le dije que sus padres eran de un burgués subido, lo que ella aplaudió. Luego, informé acerca de la fiesta y aseguró, que contra viento y marea, estaría presente. Con un dulce.

—Buenas noches, mi vida —se despidió.

Después llamé a Germaine, quien se turbó, sorprendida por el telephony. La invité a la fiesta, y cortésmente, se negó. Con un

—Buenas noches —sin vida, se despidió para siempre.

Hice millones de llamadas entre vecinos, amigos y compañeros de escuela. Visité a mi padre y me dio el innecesario permiso, preguntando qué deseaba de regalo. Dije: lo que gustase. Tras preguntar por mi novela, se fue a dormir, lo mismo que yo.

Me despertaron *Las mañanitas* a las seis. Tenía tanto sueño que odié *Las mañanitas*, y sobre todo, a quien las puso. Fue mi padre, quien se presentó para felicitarme (¡oh, padre comprensivo!), diciendo:

—Mira, hijo, realmente no sé qué regalarte, creo que tú eres el único que puede comprar algo de tu gusto —sic—, así es que toma este cheque y a ver qué te encuentras.

Gruñí, asintiendo, y volví al sueño.

Desperté de nuevo, a las diez, para ver el cheque: tres mil pesos, mexican currency. Me dio rabia. Hubiera preferido cualquier cosa, zapatos, un frijol o cualquier chuchería, menos dinero.

Mis ojos comenzaron a anegarse. Tenía el cheque en la mano, viendo nublado. Tres mil. El techo. Azul triste, sin manchas.. Desolación. Estuve así largo rato, sin levantarme. Mi madre aún no me felicitaba. Papá, dinero. Día nublado. La casa silenciosa. Me bañé sin deseos, y el agua, que normalmente me traía tranquilidad, picoteaba mi cuerpo, despiadada.

Al bajar al desayuno, giré instrucciones a la servidumbre. (Mon pauvre ami!) Salí a cambiar el cheque, para contratar a una orquesta: los Colosos del Huarachazo. Después, meseros y barhombre.

Fui a la escuela para seguir invitando. Hacía un calor infernal; daban deseos, como en aquella leyenda china, de tirar flechas al sol para que se ocultase. Saliendo de etimologías, enfilé hacia el centro de la ciudad.

Con el coche estacionado, recorrí Madero para luego entrar en una nevería del zócalo. Después, compré unos gaznés de seda italiana hechos en Kioto. Tras recorrer un museo, fui a una biblioteca —de donde saqué informes biográficos de Jaspers que no necesitaba—. En una discoteca compré varios largopléis: Satchmo, Adderly, Debussy y Grieg. De nuevo en el auto (al que llegué tomando un pesero), emprendí hacia la Embajada Austriaca para pedir un plano de Viena e informes sobre clases de alemán. Me remitieron al Humboldt, pero enfilé a una librería (poemas: Perse, Verlaine; teatro: Beckett; novela: Kerouac y Lagerkvisт). Comí en el Rendezvous, de donde telefoneé a Elsa-Elsa, quedando de recogerla frente al monumento a Cuauhtémoc. En el restorán, encontré a unos obesos amigos de mi padre que pagaron mi cuenta.

Fui, ya entonces, por Elsa-Elsa que se había escapado.

(A propos, ella me inquirió por qué había empezado a decirle Elsa-Elsa.

—Es claro —respondí—, recuerda a Lola-Lola, a Yom Yom y a Hummy Hummy.)

Estuvimos en un cafetín hasta las ocho y entonces partimos a mi casa. Los encargados de la cantina y de atender a los invitados estaban ahí, preparándose ya. Los Colosos del Huarachazo también habían llegado y afinaban sus instrumentos entre trago y trago.

Elsa tomó posesión del baño, para arreglarse. Mi padre llegó con un terceto de torvos amigos y empezaron a beber copiosamente en el jol. Llegaron unos compañeros de escuela con sus parejas cuando la orquesta atacaba un rocanrol. Mis amigos aullaron de alegría al empezar las hostilidades, bailándolo. Elsa regresó y nos unimos a la jauría de compañebrios. Tal parece que el rock fue grito de guerra, pues empezaron a llover invitados en busca de jaiboles. Mi madre no estaba y lo extraño era que papá estuviese.

Saboreábamos whisky enrocado cuando mi padre y compañía se aparecieron para decir:

—Nos iremos para que puedan divertirse.

Y lo hicieron, no sin antes guiñar el ojo significativamente. Para entonces ya había gente por doquier: en el jardín, jol, cocina, comedor, salas, etcétera. Los meseros no se daban descanso sirviendo cocteles. Como era natural había mucho paracaidista y puesto que era poca la gente que conocía, jalé a Elsa, dedicándome a bailar y beber como un invitado más, olvidando mis sagrados deberes de anfitrión.

La fiesta fue, como la gente dice, de mucho relajo. Todos se divirtieron al encontrar lo indispensable: ganado hembruno, música y licor. (Yo también encontré las tres evasiones para mi seudodiversión.) Tampoco faltó el ridículo de siempre que empezara a bailar rumba, con sus inevitables gruñidos simiescos, siendo el foco de todas las risas.

La cosa duró hasta las cinco de la mañana, cuando sólo quedábamos Elsa y yo. Músicos, barcuate y meseros habíanse pirado. El estéreo demostró, de nuevo, su utilidad y bailamos unos momentos, hasta que Elsa decidió quedarse conmigo. Por suerte, mis padres brillaban por su ausencia.

La segunda mañana consecutiva viendo la espalda de Elsa me dio la impresión de algo sucio y triste. Un raro sentimiento se empezó a formar en mí, mientras veía los rubios vellitos de su espalda. Mi cabeza era un caos, dolía terriblemente. La sed devorando el interior de mi cuerpo febril. Veía la piel: blanca, tersa, y luego, la azulez del techo, y mi cuarto, y los muebles, y la ventana, y el tocadiscos, y mi mano, y yo. El vértigo, los círculos, vueltas ininterrumpidas abrasando a mis ojos cerrados. Todo en mi cabeza.

De mi boca escapó un grito de angustia. Elsa despertó alarmada, por segunda vez también.

—Estás muy pálido, ¿qué te pasa, Gabriel? —su vocecilla un tono más agudo de lo usual.

—Nada —respondí, dándole la espalda.

Como quiso cerciorarse, hice lo posible por aparentar serenidad, mientras que en mi cerebro los círculos se desvanecían, quedando sólo la sed y el martilleo.

—¿Qué horas son?

Manotée, tratando de tomar el reloj del buró.

—Doce y cuarto.

—¿Doce en un cuarto?

—No, doce y quince.

—Veintisiete.

La dejé por imposible. Ella hizo un cómico gesto de resignación al mascullar:

—Otra regañada.

Quise reír y lo único reflejado en mi rostro fue una mueca de hastío, que a Elsa debe haber divertido mucho, pues riendo dijo:

—A lo hecho, pecho, bajemos por un hectolitro de aqua o por unos cuantos bloodymaries, no aguanto esta cochina cruda.

Me sorprendió cuando, sin ninguna pereza, dio un salto para vestirse al instante. Tras mirarme, dijo sonriendo:

—Vamos, niño, no seas pudoroso, levántate, no me interesan tus velludas piernas.

Sonreí también al levantarme. Ella no se quiso dar un regaderazo y encogió los hombros mientras explicaba:

—Poco me importa el baño, como Yasabesquién, no tengo prejuicios tan idiotas acerca de la limpieza.

—Uy, qué europea.

Bajamos, y cuando la cocinera vio a Elsa sentada en el desayunador, exigiendo unos chilaquiles bien picosos, abrió los ojos hasta desorbitarlos, mirándome escandalizada, sólo para encontrarse con una de mis mejor-ensayadas-miradas-glaciales.

Un gesto de valentía: Elsa me invitó a nadar en su casa de campo. Naturalmente, acepté. Después del desayuno subimos en el coche, con todos los aditamentos necesarios, para marchar a la carretera de Cuautla, donde estaba su casa. Ahí, tras nadar un rato, dormimos y despertamos hasta el anochecer, hambrientos.

De nuevo en la ciudad, nos colamos en un restorán y luego fui a dejarla a su casa.

En la mía, papito estaba encolerizado. La cocinera le contó que Elsa había pasado la noche conmigo. Furioso, me soltaba las de siempre:

—¡Eres un desvergonzado!, el que fuera tu cumpleaños no te daba derecho de convertir la casa en un prostíbulo. ¿Quién te crees ser?, no mereces lo que hacemos por ti; tu madre y yo no nos hemos divorciado sólo por ti.

Yo pensaba frases como qué penoso, don't say, divórciense, tarareando la *Danza del sable*. Mi padre me dejó por imposible y yo subí a la recámara para oír *El Lohengrin* y para seguir escribiendo mi novela.

Durante el octavo capítulo, mi mente se desvió para ocuparse de mis paparruchos.

¡Qué idiota es el viejo, qué mente tan putrefactamente cerrada, no merece respuesta ni los honores de la refutación!

Mi madre aún no regresaba y recordé cuando Germaine, refiriéndose a la suya, dijo:

—Debe haber salido con alguno de sus maquereaux.

y comprendí que mi madre andaba en las mismas. *Die Lohengrin* terminó, y sin saber por qué, puse un rock.

Warden threw a party
in the county jail,

pensaba en lo hermoso que sería vivir solo, completamente retirado de la sociedad

—¿Suciedad?

no, sociedad. En el sótano de una casa semiderruida, comiendo plátanos, bebiendo whiskín y escribiendo versos cursis a la naturaleza y escatológicos a la humanidad. Pero, como no podía ser, bajé el jol para ver TV. Una arcaica película de Galán-apuesto-traje-pipa-gabardina (Notable Actor, por supuesto). Al terminar el extranjero film, festejé su final con un largo trago de mezcal de Oaxaca.

Desperté porque alguien me había telefoneado. Gruñendo, bajé a contestar.

—¿Quién es?

La sirvienta respondió que una señorita Dora. Solté la carcajada, pero cuando oí su voz, hasta la soñolencia se esfumó.

—Pero, en verdad, ¿eres tú?

—¡Claro!

—Oye, ¿qué andas haciendo por aquí?

—Me mandó llamar mi vomitable padre para que recogiera todos mis cochinos papeles y para regañarme, por rojilla..., je je, ya enterose.

—Caray, Doruca, esto es increíble.

—¿Qué tiene de increíble? Pareces de la Edad Media, ¿no sabías que existen aviones supersónicos?

—Ya párale, ¿no?

—¿Te acabas de levantar?

—Sí, pero eso no importa. ¿Dónde te puedo ver?

—En tus sueños.

—En serio.

—No, ahorita estoy en mi casa.

—Ja, ja. Espérame, no te muevas, voy para allá/ Oye ¿cuándo llegaste?

—Quetin.

—Enloqueciste en Luropa, ¿eh?

—Llegué ayer en la noche, y me voy mañana a Mérida.

—Okay. Attends.

Me vestí y arreglé rapidísimo para ir a verla. Al llegar, me esperaba ya en la calle. Realmente, se veía mejor. No sé, diferente (qu'est-ce qu'a Wien?). Subió en el auto.

—¿A dónde vamos?

Nada de respuesta. Encogió los hombros para relatarme sus andanzas en Europe (dijo oirope). Su tía seguía tratándola muy bien (sehr schön, dijo ella), lo que reprobaba su feudal padre. Del estudio, ni sombra. Austria, muy bonita, difícil situación política, problemático el balance de fuerzas. Engordó dos kilos (se le veían bien, etcétera).

Nos detuvimos en un bar drive-in, como en los viejos tiempos. ¡Sorpresa!, no bebió.

Realmente está distinta.

Fuimos después a otro bar de día, mientras le contaba chismes, mis problemas y etcétera. Poco a poco fui embriagándome. Dora saldría, al día siguiente, a Yucatán, luego a Miami, a Chicago; y de ahí, a Viena, todo por Panam. Sentí sinceramente que tuviera que irse. Le dije que se quedara, no sabría explicarlo, pero la necesitaba.

Otro scotch.

—Ya no bebas, Gabriel.

—No te vayas, no te vayas.

Dora suspiró. ¡Ay, imbécil, estupidísimo, ultraidiota! Traté de besarla, mascullando

—No te vayas,

pero, claro, ella se separó. Ya no era la misma.

—¿Para qué Gabriel, para qué?

Quedé abatido. Con vergüenza. Sin saber qué decir. Dora prosiguió.

—En verdad, no entiendo ya esto. Quizás antes fue mi vida, quizá fue lo normal, pero ahora es tan distinto, Gabriel, así debe ser, ¿no? Debes cambiar, superarte, encontrar otro mundo. Lucha, rompe tu lindo hocico. Siempre pelea por algo, cuate; tarde o temprano sabrás por qué. Pero debes abandonar la vida que llevas. Tienes que buscar para entablar la batalla, ¿oyes?, esto es muy serio, Gabriel, buscar. Detesto parecer moralista, pero, ¿qué caso tiene que me beses y que vayamos a la cama y que todo sea igual que antes? Debemos avanzar, no quedarnos estancados, seguir adelante hasta rompernos la cara. Y hay que averiguar la manera de hacerlo. Yo sé qué busco, pero tú debes buscar aún. Maldita sea, escúchame, Gabriel, hay que hacerlo. Entiende, por lo que más quieras, hay que buscar.

Al oírla me sentí completamente hueco y frustrado. Supe que había algo equívoco en mí. Dora decía:

—No llores, ¿para qué?, enfréntate a la vida, busca.

Respondí entre sollozos:

—Sí, Dora, Dora, Dora, yo buscaré y voy a alcanzarte.

Dora, no obstante sus sonrisas dulces, repetía y repetía.

—Palabra que sí, Dora.

Fui a dejarla. Y después, en mi casa, sentí el martilleo. No hubo círculos esa vez. Sólo la sensación de vacío. Quería que las palabras de Dora me llenaran, pero no fue así. Sólo pensé:

Es imposible, ya estoy muerto, morido, fallecido; necesito una tumba, con pastito y lápida limpia, qué mierda soy/

Sin embargo, seguían en mi mente sus palabras. Y quise dormir. Pensar, pensar, tal vez meditar/

—Una tumba/

me dormí.

Una inmensa sensación de tristeza me invadió al saber que Dora había abordado un confortable jet hacia Mérida, luego a Miami, a Chicago, y sin conexión, a Viena.

Tras releer el último capítulo de mi novela, me dieron ganas de destruirla.

ERA UN TRISTE, solitario y cómodo sentimiento, algo extraño que no acertaba a explicar. Recorrí con la mirada la habitación, puerta, ventana, todo. Me pareció ajeno a mí.

Llevé el cigarro a la boca, manteniéndolo ahí un largo rato. Arrojaba el humo para verlo expanderse. Tras observar el techo, de un azul exasperante, cerré violentamente los ojos. Me vino a la cabeza la imagen de Elsa. Pestañeé, pensando que éramos un par de idiotas. Me sentí flotar.

Me vi en un extenso valle. Estaba sentado en la hierba, mirando a una mujer desnuda contorsionarse a lo lejos. Pensé que era Elsa y fui hacia ella, mas cuando creí llegar, sólo estaba un anciano-de-aire-respetable, quien riéndose de mí, rezaba un padrenuestro.

Desperté con la boca seca. Mi saliva ardía. Era un río de lava. *El Lohengrin* había terminado. Saqué un abrigo para salir a la calle.

Nada, nadie. Luz eléctrica brillando. Hacía frío y corrí para entrar en calor, en dirección de Elsa. Su casa estaba llena de oscuridad, como nosotros. Las rejas, sombrías. La soledad, triste, muy triste, se adueñó de mí, al caminar acompañado de la noche.

—¿Quihubo, noche? ¿Estás muy solita? ¡Uy, qué mensita!

No recuerdo a qué horas llegué a casa. La miré repitiéndome:

—Ésta es mi casa, aquí vivo yo.

(Que je suis un menteur, comme ses yeux!)

Entré, seguido de mi sombra que no se reflejaba en ninguna parte. En mi cuarto, me desnudé lentamente, silbando, sin saber qué sonidos producía. Debí haber silbado muy fuerte, pues mi padre se presentó, soñoliento.

—¿Qué haces?

Alcé los hombros, siguiendo la tarea de desvestirme. Cerró la puerta. Sus pasos resonaban en mis oídos cuando me dormí.

Al despertar, aún sentía seca la boca. Mecánicamente entré en el baño, y cuando el agua caliente resbaló por mi cuerpo, sentí una fugaz especie de tranquilidad.

Abajo, me serví un whisky: mi cuerpo se contrajo, pero no se fue la sequedad de mi boca.

En la calle, el sol me cegó. Iba en busca de Elsa. La vi salir corriendo: pantalones muy ceñidos y blusa abotonada hasta el cuello. Su pelo bailaba rítmicamente en el aire. Al besar su cuello, oí su risa alegre. La acompañé a comer y decía entre cucharadas:

—¿Sabías que Vicky se fue de su casa?

—¿Sí?

—Yep, su padre se puso furioso y ella lo mandó al quinto infierno en el baile de la Asociación.

—¿Con quién está viviendo?

—Con David.

—Ah.

—¿Qué pasó con el Gide que me ibas a prestar?

—Después te lo traigo.

—Cross your heart?

—No, pero te lo traigo.

Después fuimos a un cine, y saliendo, a un club nocturno para bailotear. Ahí encontramos a Vicky y a David. Luego, todos en cuadrilla, enfilamos hacia la casa de Martín, donde el Círculo Litorate Moderno daba una borrachera literaria moderna.

Dentro, el ambiente era espeso. Había algunos invitados, todos bebiendo áncestor. La sala estaba casi a oscuras, sólo iluminada por la chimenea. A un lado, un tipo recitaba para sí mismo:

—Ialume, Ulalume;

del otro, varios discutían acaloradamente sobre Heidegger, el humanismo y el humanitarismo de la Cruz Roja *(Die Lohengrin!)* Sí, se escuchaba *El Lohengrin*.

Nos tiramos en la alfombra al apagarse las luces. Vicky y David se habían esfumado. Nadie discutió más.

Personne. Je sonne. Repersonne.

NABOKOV

Sonaba, sonaba sin detenerse. Un ruido sin fin. Sentía la cabeza próxima a estallar. Sonaba. Me volví hacia todas partes, tratando de encontrar el origen del sonido.

Nada, sólo en mi cabeza. ¡Maldito ruido, nunca acaba!

Clic, clic. No tenía ganas de levantarme; al menos, la cama estaba caliente. Clic.

¿Qué hago? Me duermo. ¿Tomo alguna medicina? No. ¿Entonces?

¡Qué imbécil, quise engañarme! Puse *El Lohengrin* pensando que sus notas opacarían la magnitud de mi ruido interno. Pero me consoló el saber que era mío. Clic, clic. Hasta me dio gusto.

Rompí el encanto de mi soledad cuando bajé al desayuno. Mis padres (juntos) ya estaban ahí.

—Buenos días.

—Buenos sean, papá.

Silencio.

—¿Qué dice tu novia?

—Nada.

—¿Nada?

—Nada importante.

Sonrisas.

—¿Cómo va eso?

—¿Qué?

—Tu novela.

—Un fiasco.

Nuevas sonrisas.

Siempre igual. Clic, clic, clic.

Elsa me telefoneó (qué curioso). Salí de casa, alejándome de la suciedad, para entrar en contacto con la suciedad. La mañana era espléndida, podría decirse, pero no la sentí así. Clic. Al sentarme en la banqueta, ésta se molestó.

¿Qué demonios tengo en la boca?

Con gran hilaridad festejé desconocer mi propia boca. Lengua, dientes y demás. Reí: la sequedad ahí permanecía. Clic. Escupí al entrar con lentitud.

Mi cuarto. *El Lohengrin* había terminado: una circunferencia de acetato daba vueltas. (Je dois être fou.) Tomé un libro de Gide, Elsa lo había pedido y se debe cumplir. (Bien fou.) Tomé también unos versos bilingües que había en el escritorio. Los transcribo.

> Run run run run
> Because I cannot walk
> Sun you need fun
> Because I cannot talk
> L'étoile est verte
> Mais elle n'a rien

L'ame est ouverte
Et je ne sais quand

Se los enseñaré y van a gustarle. Un libro de **Gide** y versos míos. ¡Eso sí es gracioso!

Clic, clic.

Pero van a gustarle.

Clic.

Caminé alrededor de mi cuarto, revisándolo. **La** cama no estaba hecha, la criada vendría después.

En el garage, el gato se divertía con una cáscara.

Se divierte, pensé al entrar en el coche. ¡Vamos, pues, chez elle!

¡Ja, ja, ja! Cómo reí. Tenía tanta risa que mis **ojos** se llenaron de lágrimas. Reí hasta desternillarme cuando Elsa anunció estar embarazada. A ella no le **hizo** tanta gracia.

—¿De qué te ríes?, debiste haber tenido más cuidado.

Estaba huraña y yo seguía riendo. Clic, clic, clic. El ruido me hizo callar.

—¿Te das cuenta? ¡Un niño!

—Sí, me doy cuenta —contestó furiosa.

Fuimos a un café: ella insistía en analizar el affaire. Ahí, me sentí en la necesidad de hablar del problema. Ella seguía ceñuda, fulminándome con la mirada.

—¿Cuánto tiempo llevas?

—Dos meses.

—Ajá, ya digiero.

Clic.

—¿Conoces al doctor Mendoza?

—¿Cuánto quiere?

—¿Cuánto, por qué?

—Por el aborto, no te hagas la loca.

—Pues a Vicky le sacó setecientos.

—Muy bien.

—¿Los tienes?

—Yep.

Clic, clic.

—¿Por qué reías?

—¿Cuándo?

—Hace un rato.

—Es muy gracioso, ¿no?

—¿El qué?

—¿No te das cuenta?

—No —parecía muy interesada.

—Es claro: durante el tiempo que has sido mía, fuiste la mar de cuidadosa, lavados y no sé cuantas cosas más. ¿Todo para qué? Para que salgas con que estás embiernesanto. ¡Realmente más te hubiera valido ser estéril!

Me miró, sonriendo, para darse a la tarea de beber su cafetín. La observé: estaba contenta porque todo se había resuelto. ¿Resuelto? Qué va, era solo una estupidez, una linda estupidez.

Salimos del café. Mi cabeza iba a estallar; o al menos, tuve la certeza de que así sería. Clic. Para entonces daba las gracias por el libro y leía mi poemín. Como pensé, le gustó. Festejamos algunas frases.

—Oye, esto de sun you need fun está muy bien.

—Así salió.

—Pero, ¿qué demonios quieres dar a entender con el alma está abierta y yo no sé cuándo?

—Que no sé cuándo dejaré de escribir mamarrachadas, querida.

Grandes risas y habíamos llegado. Clic. Me invitó a

entrar, entramos; me invitó a beber, bebimos; me invitó a sentarme, nos sentamos. Clic.

—¿*Lohengrin?*

—Yep.

—¿Sabes una cosa?

—¿Qué?

—Me gustas.

—¿Cuánto?

—¿Cómo lo mido?

—En kilos.

—Entonces, me gustas cien kilos.

—Lo cual me importa un cuerno.

—¿Cuántos kilos te gusto yo?

—Menos.

—¿Cincuenta?

—Por ahí.

—No está mal.

—No, no lo está.

—Fíjate que no están mis papis.

—¿Dónde están tus papis?

—En Veracruz.

—Entonces sube el volumen, me gusta oír *El Lohengrin* con gran estruendo.

Lo hizo. Clic.

—¿Así?

—Yep.

—¿Cuándo vemos al doc?

—Cuando quieras.

—Mañaaaana.

—Okay.

—¿Te quedas conmigo esta noche?

—Como quieras.

—Quédate.

—Ya vas.

—¡Ah, me siento romántica!

—¿Sí?

—Sí, nuestra noche será divina.

—No seas cursi.

—¡Estás loco!

—Por supuesto.

Clic, clic, clic. La noche insultaba con su frío.

¿De dónde sale este ruido? De mi cabeza, es mío, pero me está hastiando ya, no lo soporto.

(—Dieu, le grand Dieu doit savoir: Dieu grandieux!)

Para matarse.

Elsa se durmió. Wagner había terminado mucho tiempo antes. Para entonces le correspondía el turno a Ravel con su *Bolero,* que sembró en mí una curiosa mezcolanza de tristeza, soledad y hastío. La tonada del *Bolero* no salía de mi cabeza, revuelta con mis ruidines.

Por cierto, Elsa había estado cursi al grado máximo. Le dio por declamar. Cuando hubo bebido sus tragos, una serie de poemas infames fueron proclamados con el fondo de *Coppélia.* Elsa aparentaba sentirlos, pero como estaba tan briaga, ni eso hacía bien. ¡Pobre y traqueteado Delibes, nunca imaginó que su música sirviera para fines tan siniestros! No exagero, eran cosas como éstas:

> Y me encuentro sumergida
> en esta vorágine de pasiones
> pasiones tan ofidiamente crueles
> que me hunden en un mar
> el mar temido y eterno
> de nuestra amargura/

Le dije que estaban horrendos y ella enfureció, para contratacar diciendo que mis versolines estaban asquerosos por su estúpida métrica y su estupidísima rima, que era poesía mediocre y burguesa (sic). Casi reñimos. Mas para mi pesar, su nueva, flamante, ola de voluptuosidad la invadió (sic). Respiré profundamente cuando al fin decidió dormir.

Clic, clic. No pude dormir. Tenía un insomnio que ya auguraba crónico. Elsa dormía profundamente a mi lado. De nuevo, la risa me acometió con furor. Mis carcajadas hicieron que Elsa despertase con un sobresalto.

—¿Qué diablos te pasa?

Seguí riendo.

—Me lleva el diablo, déjame dormir en paz, ¿quieres?

(Éclat de rire.)

—¿De qué te ríes? Me sacas de quicio.

—Recordaba tu vorágine de pasiones.

—¿De qué rayos hablas?

—¡De tus poemas!

—¡Oh, cálmate, deveras has estado imposible todo el día!

—¡Qué cursilerías, mi querida Elsita!

—¡Eres un marrano!

—¡Que te picotea el ano!

Seguí despatarrándome de risa y ella se revolvió, furiosa. Ja, ja, ja. Clic, clic, clic. Ja, ja. Clic. Clic.

El médico lo hizo admirablemente por setecientos pesos. Me vio con desprecio.

—A ver si así escarmientan.

—¡Lárguese al infierno!

—¿Sí?, pues desgraciadamente no podrán seguir siendo clientes de la casa.

—¿Por qué, mi inefable?

—Ella quedó imposibilitada, no podrá tener más familia —gozaba al decirlo, el retrasado mental.

—Muchas gracias por sus informes, doctor Mendoza.

—¿Cómo supo mi nombre?

—Ya lo ve...

—No quiero ninguna clase de problemas, jovencito, recuerde que si usted hace escándalo/

—Pierda cuidado, galeno de mierda, no me interesa quebrar su tingladito.

Nos fuimos de ahí. Clic, clic. Y a los tres días nos emborrachamos de lo lindo. ¡Cómo me había reído del médico! Y cuando Elsa supo que no tendría más niños, aulló de alegría y se dedicó al trago de todo corazón.

—¡Que se acaben los niños y viva el Anovlar! —aullaba.

La dejé al día siguiente y esa noche tampoco tuve sueño. Llegando a mi cuarto, me encaré con mi figura en el espejo, para decir solemnemente:

—¡Gabrielito Guía, eres todo un imbécil!

Encontré unas inmundicias azules para dormir y las ingerí.

¡Ese sueño no se iba de mi mente! Otra vez la mujer del valle me hacía señas. Yo iba a preguntarle por qué estaba en cueros, todo para que el respetabilísimo anciano se burlase de mí, rezando su padrenuestro con gran fervor. Sólo una cosa había cambiado, y era que el antes extenso valle se había reducido a una pequeña porción de terreno.

Clic, clic, clic. El ruido saludó al despertarme. La boca insistía en su sequedad y eso me enfureció. En el baño escupí hasta agotar la saliva. Descenso. Mi padre me regañó por haber faltado a casa tanto tiempo. Su clásico speech variaba sobre un mismo tema.

Yo lo escuchaba con indignación.

—¿Quién te crees que eres? Tan sólo tienes diecisiete años y te das el lujo de faltar a casa cada vez que se te antoja; tu madre y yo no nos hemos divorciado sólo por ti, por ti, que no conoces los peligros de la noche; ¡y no pido, exijo que no te vayas sin avisar! Ahora, explícate, ¿dónde estuviste?

Contesté furibundo.

—¿Qué te importa dónde estuve? Sólo piensas que estuve con una prostituta para escandalizarte como buen Abogado Decente que eres; pues bien, si eso quieres, te complazco, ¡fui a un burdel y pienso casarme con una ramera desdentada, igual a la bruja que tienes por amante!

Lanzó una bofetada que pude esquivar. Me insultó a su gusto, pero di la media vuelta, no sin antes haberlo mandado al diablo.

Encendí el motor, con rabia, para salir sin hacer caso a las malditas señales de tránsito. En casa de Elsa-Elsa. Salió después de tres bocinazos.

—¿Qué quieres?

—Acostarme contigo, ahora mismo.

Fingió ruborizarse.

—Cómo eres.

—No te hagas la graciosa, vamos a tu cuarto.

—No se puede, ya regresaron mis truculentos padres.

—Entonces, súbete.

Fuimos a un hotelucho y ahí fornicamos rabiosamente. Luego la dejé en su casa para dedicarme a recorrer las calles, con el deseo de atropellar al primer imbécil que se me atravesara.

Clic, clic. El ruido se acrecenta. Clic. No salía de mi cabeza, no salía. Clic. Me pregunté:

¿Qué demonios hago yo? Nada, solo soy un idiota con un ruido en la cabeza.

Llegué a mi casa, era ya la madrugada. Todos dormían, excepto mi asqueroso ruido. Clic, clic. Todo estaba oscuro. Mi cabeza está oscura. Tropecé varias veces pero llegué a mi ahora odiado cuarto. Me sentía furioso aún, algo extraño después. Mi furia se disipó y vino el añorado sentimiento.

Encendí la luz. Con tristeza advertí que era falsa, como todo. Hubiera preferido una vela, hasta me sentí pirómano. O que fuese de día. Durante esos momentos odié la electricidad con todas mis fuerzas. Apagué la luz para encenderla al instante. Tras sacar mi cuaderno, empecé a leer el último capítulo escrito de mi novela. Estaba desastroso, lo reconocí. Y pude sonreír por primera vez al hacer una comparación con los versos de Elsa. Clic.

Mejor me mato. Clic, clic. Otra vez. Clic.

Hubo un momento en que me había agradado el ruido. Clic, clic. Mas ahora es espantoso, martillea descarnizado. (Bête, Gabriel le Bête.) Traté de engañarme oyendo *El Lohengrin*.

Me estoy haciendo el tonto, murmuré con indignación al ver el techo azul. Clic, clic, clic. El ansia suicida me hizo ver las maravillas de la muerte.

Sí, me mato.

Tomé una hoja de papel para escribir mi propio epitafio. Esto salió:

Porque mi cabeza es un lío
Porque no hago nada

Porque no voy a ningún lado
Porque odio la vida
Porque realmente la odio
Porque no la puedo soportar
Porque no tengo amor
Porque no quiero amor
Porque los ruidos están en mí
Porque soy un good ol' estúpido
Sepan pues que moriré
Adiós adiós a todos
Y sigan mi ejemplo.

Tras firmar con letras claras y grandes, lo colgué —muy visible— en la pared. Comencé a silbar.

Buscando el revólver.

Clic, clic, clic.

Aquí está.

Clic.

Las balas.

Clic, clic.

Una.

Clic.

Dos.

Clic, clic.

Tres.

Clic, clic, clic.

Assez.

¿No tengo otra solución?

Clic.

Yep, pero prefiero ésta.

¡Este maldito ruido, no puedo más!

Clic, clic.

Mi saliva es una flama.

Clic, clic.

Seca, seca, mi boca sigue seca.

Clic.

Ardiente.

Clic, clic, clic.

¡Qué curioso, siempre me llena este estúpido sentimiento!

Clic.

Triste y solitario, pero cómodo.

Clic, clic, clic.

No puedo negar que es cómodo.

Clic.

Sí, claro, en la sien es mejor.

Clic, clic.

Ya lo había pensado, esto es algo vulgar.

Qué falto de originalidad soy. Debí haber discurrido algo ingenioso. Y el techo sigue azul y *El Lohengrin* sigue sonando.

Clic.

¡Bah, todo es vulgar, no tuve valor ni de seguir a Dora! Pero es cómodo, después de todo.

Clic.

Sí, cómodo.

Clic, clic, clic, clic, clic,   clic, clic, clic, clic, clic, clic, clic, clic, clic, clic, clic, clic, clic...

Enero/abril 1961

Esta obra se terminó de imprimir
en Diciembre de 1986,
en Ingramex, S.A.
Centeno 162, México 13, D.F.

La edición consta de 3,000 ejemplares